나는
기업 사회복지사다

기업 사회공헌과 사회복지사

나는
기업 사회복지사다

신영철 지음

harmonybook

나는 기업 사회복지사다

　한국사회복지사협회 7년, 한국백혈병소아암협회 4년, 그리고 기업 사회공헌 17년 이제 어느덧 나도 28년 가까이 사회복지사로 살아오고 있다.

　한국사회복지사협회에서 고(故) 김융일 교수님을 모시고 오충순 부장님, 그리고 돌아가신 진철주 사무국장님을 통해 사회복지사로서의 마인드를 배우고 키워왔으며, 정구훈 사무총장님으로부터는 나무만 보지 않고 숲을 볼 수 있는, 좀 더 넓은 시각으로 사회복지를 바라보는 자세를 배웠다.

　또한, 최성균 회장님으로부터 사회복지 실천 현장의 중요성을 배웠으며, 당시 기업복지재단에서 퇴직하고 협회로 오신 이철수 사무총장님을 통해 기업복지재단 관계자 분들을 알게 되는 기회를 갖을 수 있었다.

한국사회복지사협회의 지속가능한 발전을 위해, 그리고 우리나라 사회복지사의 전문성 향상을 위해 자격증 발급 업무, 국가시험제도 마련, 보수교육 법제화란 세 가지의 큰 제도적 변화를 만들었으며, 그 과정에서 수많은 현장의 사회복지 선배님들과 교수님들이 함께 했었다.

사회복지와 사회복지사를 위한 정책 활동으로 국회, 보건복지부를 수없이 다녀야 했고, 어려운 협회 재정 속에서 각종 세미나, 대회 등 행사 후원을 받기 위해 많은 기업에 다녀야 했다.

사회복지 행정, 정책, 후원 등 모든 활동은 사회복지사로서의 자부심에서 비롯되었다. 나는 사회복지의 변화를 이끄는 역사적 흐름 속에서 내 청춘을 바쳐 함께해 왔다.

7년이란 시간 속에서 사회복지사로서 직무 만족은 결국 대상자와의 연결점에서 시작된다는 생각으로 한국사회복지사협회 과장의 안정된 자리를 벗어나 한국백혈병소아암협회로 이직하였다.

백혈병·소아암 환아들을 만나고 그들의 부모들과 함께 우리의 역할을 다하기 위해 노력했으며, 그 과정에서 여러 기업의 후원으로 환아들에게 치료비나 교육비 등 다양한 서비스를 제공할 수 있었다.

나는 이 과정에서 기업 후원 업무에 대해 관심을 갖게 되었고, 당시는 기업의 나눔 활동이 복지재단에서 사회공헌으로 변화하던 시기였다.

연중 각종 사회공헌 활동 또는 비영리 민간단체에서 관련 세미나가 있어서 많은 곳을 찾아다니며 듣고 배우는 시간을 가졌다.

그러면서 사회복지 정책 업무도 해봤고, 대상자를 위해 후원을 받는 업무도 해봤으니, 이젠 기업에서 후원을 해주는 업무를 해보고 싶다고 생각하게 되었다.

그후 여러 곳에 이력서를 내는 등 새로운 변화의 시간을 찾다가 에쓰오일이라는 기업 사회공헌 담당으로 이직하게 되었다. 작은 단체의 부장이었지만 정규직이라는 안정적 자리를 버리고 계약직 신분으로 기업에서 일하게 되었다.

나는 모든 것이 생소한 기업이란 새로운 곳에서 처음부터 배운다는 자세로 시작했다. 월급도 계약직이라 적었지만, 기업이라는 전혀 다른 곳에서 업무를 하다 보니 매우 힘들었다.

퇴근 시간이나 주말도 없었다. 10년 넘게 비영리단체에서 일하다 보니 기업의 분위기에 적응하기가 쉽지 않았다. 하지만 내가 들어간 기업도 사회공헌 초기 시점이라 사회복지사로서 내가 해야 할 역할들이 많았다.

당시 기업에서 핵심적으로 추진하던 프로그램이 시행 과정에서 여러 어려움을 겪고 있었으며, 이를 전문성 있고 신뢰할 수 있는 단체와 연결하여 현재까지도 가장 중요한 사회공헌 파트너로서 함께하고 있다.

또한 사회봉사단 업무를 체계화시켰으며, 다양한 사회공헌 프로그램을 개발하고 시행하여 성과를 만들어 냈다. 이러한 노력으로 2년 후 정규직 사원이 되었다.

회사의 핵심 사회공헌 프로그램을 지속 시행할 수 있는 체계를 마련하였으며, 이를 확대하여 그 중요성을 더 높였다. 회사의 각종 정부포상 수상을 통해 진정성 있는 사회공헌 프로그램의 필요성을 인식시켰으며, 매년 각종 신규 프로그램을 개발하여 비영리단체와 협력적인 파트너 관계를 형성하며 수혜자 중심의 지속적인 사회공헌 프로그램을 시행해 올 수 있었다.

어느덧 기업에서 사회공헌 업무를 담당해 온 지 17년이란 시간이 흐르고 있다. 그동안 많은 단체 및 사회복지사와 함께 일하면서 때론 격려와 지지를 보냈지만, 때론 아쉬움도 많았다.

특히, 비영리단체 담당자들이 기업 사회공헌에 대해 많이 알지 못하고 있었다. 정보도 별로 없지만 만나서 이야기할 수 있는 기회도 적기 때문일 듯하다. 인터넷이나 유튜브에 떠도는 이야기들만 들을 뿐, 실제로 기업 사회공헌이 어떻게 진행되는지 알지 못하고 있었고 궁금해하기도 했다.

반면 어떤 부분에서는 오히려 기업에 대해 너무 많이 이해하고 배우려고 하고 있었다. 기업의 사회적 책임(CSR, Corporate Social Responsibility)과 공유가치 창출(CSV, Creating Shared Value) 그리고 환경, 사회, 지배구조(ESG, Environmental, Social, Governance) 등 변화하는 기업의 사회적 책임에 대한 이슈들에 대해 비영리단체 현장에서도 이에 대해 배우고 이해하려고 노력하고 있었다.

물론 기본적인 이해가 바탕이 되어야 각종 프로그램 제안도 할 수 있으니 필요한 노력이다. 하지만 굳이 너무 많이 알 필요는 없다. 기업 내에서도 담당자나 관련 부서가 아니면 잘 모르고 관심도 없다.

기업의 이해는 기업 담당자가 하는 것이고, 비영리단체 담당자는 사회복지에 대한 전문성을 더 높여야 한다. 구체적으로 예를 들면, 프로그램 기획력을 가져야 하고, 기업 담당자와 같이 이야기할 때 비영리 분야의 전문성에 대한 우위를 점해야 한다. 그래야 기업 담당자가 당신을 믿고 당신의 제안을 받아들일 수 있기 때문이다.

반면, 기업 사회공헌 담당자인 나는 20년이 넘는 사회복지 경력을 가진 사회복지사이다. 그러나 내가 함께 일하고 있는 비영리단체 담당자는 경력이 적은 사회복지사들이다 보니 내가 업무에 대한 수퍼비전을 주며 일해야 하는 아쉬움도 있었다.

나는 이 업무만 10년 넘게 해오고 있지만 비영리단체 담당자들은 부서를 옮기거나 승진해서 자리를 옮겨 한두 해만 지나도 새로운 사람과 새롭게 시작해야 하는 어려움이 있다. 10년 전에 나와 같이 일하던 담당 사회복지사가 지금은 기관의 관리자가 되어 있는 경우가 많다.

사회복지 현장에서는 일할 때는 기업에 대해 잘 몰랐고, 기업에 와서는 사회복지 현장의 아쉬움이 느껴졌다.

사회복지학과 학생들이 가장 선호하는 분야가 기업 사회공헌이라고 들었다. 그래서 나의 동료와 후배 사회복지사들에게 기업 사회공헌 담당자로서 나의 생생한 이야기를 전해 줌으로써 그들이 기업을 상대로 사회복지 업무를 수행하는 데 좀 더 도움을 주고자 한다.

그리고 기업 사회공헌 분야에 꿈을 가지고 있는 예비 사회복지사들에게도 작은 길잡이가 되고자 한다.

지금 이 순간에도 사회복지 현장에서 열심히 일하고 있는 나의 선배, 동료, 그리고 후배 사회복지사들에게 존경과 감사의 마음을 전한다.

2007년 11월 기업 사회공헌 담당자로 업무를 시작하면서 나의 명함에는 지금까지도 이름 옆에 '사회복지사'로 적혀있다. 내 소속이나 직급은 중요하지 않다. 내가 어떠한 일을 하는 사람인지가 더 중요하다.

나는 기업 사회복지사다.

프롤로그 나는 기업 사회복지사다 004

1장. 기업 사회공헌의 이해

01. 기업 사회공헌이 뭐야? 014

02. 기업 담당자는 어떻게 사회공헌 프로그램을 만들까? 019

03. 새로운 것은 없다. 아는 만큼 보이고, 모르는 만큼 무관심할 뿐이다 026

04. 모든 것은 계획에서부터 시작된다 030

05. 나무를 보아야 숲을 볼 수 있다 036

06. 등잔 밑이 어둡다 040

07. 세금계산서와 기부금 영수증은 다르다 043

08. 열 번 찍어도 안 넘어간다 048

09. 후원 제안서, 삭제되지 않고 저장하게 만드는 방법 053

10. 기업 봉사단, 이렇게 만들면 된다 058

11. 기업 사회공헌의 핵심은 기획이다 071

12. 기업 사회공헌 담당자가 되는 법 075

2장. 기업 사회공헌 프로그램 기획과 운영 사례

01. 나눔은 또 다른 시작이다(임직원 기부 : 급여 우수리 나누기) 084

02. 나눔은 또 다른 시작이다(자원봉사의 모든 것을 만들다) 088

03. 이주여성, 불편한 진실과 마주하다 092

04. 매월 무료 공연 '문화예술&나눔 캠페인' 097

05. 환경 사회공헌 차별화, 멸종위기천연기념물지킴이 캠페인 102

06. 음악으로 세상과 소통하는 발달장애인 '하트하트오케스트라' 후원 110

07. 국내 최초 소방관 후원, 소방영웅지킴이를 살려내다 114

08. 해양경찰을 아시나요? 120

09. 우리 이웃, 시민영웅을 만나다 125

10. 보이지 않아도, 들리지 않아도, 우리는 함께 느낀다 129

11. 365일 무료 자판기, 구도일 카페 이야기 134

12. 캠프, 처음부터 끝까지 빈틈없이 준비해야 136

13. 청년 창업 아이콘, 푸드트럭 유류비 지원 146

14. 행복나눔 실천, '주유소 나눔 N 캠페인' 152

15. 달리는 응급실, '닥터카' 후원 157

16. 절망 속 희망의 손길 '저소득가정 화재피해복구지원' 161

17. 람사르습지 '고양 장항습지보호캠페인' 167

3장. 사회복지사 단상

01. 기업 사회복지사 이야기, '미생은 살아 있다' 176

02. 사회복지사 공공근로를 아시나요?(한국사회복지사협회 7년의 기억) 182

03. 환아들 덕분에 사회복지사들이 월급받고 일한다고요?(한국백혈병소아암협회 4년의 기억) 191

04. 사회복지사는 전문직이다(자격증, 국가시험, 보수교육, 윤리강령, 협회) 198

에필로그 기업 사회공헌 담당자의 생생한 이야기를 나누다 204

1장

기업 사회공헌의 이해

01. 기업 사회공헌이 뭐야?

02. 기업 담당자는 어떻게 사회공헌 프로그램을 만들까?

03. 새로운 것은 없다. 아는 만큼 보이고, 모르는 만큼 무관심할 뿐이다

04. 모든 것은 계획에서부터 시작된다

05. 나무를 보아야 숲을 볼 수 있다

06. 등잔 밑이 어둡다

07. 세금계산서와 기부금 영수증은 다르다

08. 열 번 찍어도 안 넘어간다

09. 후원 제안서, 삭제되지 않고 저장하게 만드는 방법

10. 기업 봉사단, 이렇게 만들면 된다

11. 기업 사회공헌의 핵심은 기획이다

12. 기업 사회공헌 담당자가 되는 법

01.
기업 사회공헌이 뭐야?

　지금 나는 기업에서 사회를 위해 많은 기부나 자원봉사를 한다. 매년 새로운 프로그램을 기획해서 비영리 파트너 단체들과 그것을 실현해 나가고, 임직원 자원봉사 프로그램을 기획하고 참여하며 봉사가 잘 진행되도록 지원하고서 실적을 관리한다.

　하지만 20여 년 전에는 이런 일에 신경도 쓰지 않았다. 남 일이니까.

　충북 청주에 있는 대학에서 사회복지를 전공하고 졸업할 즈음에 한국사회복지사협회에 취업하여 사회복지를 시작하였다. 직원 3명의 작은 사단법인 단체였다. 운영비도 없고 회원들의 회비도 얼마 안 되고 기업 제안서를 받아 인건비로 지급하는 등 겨우 운영되었다.

　삼성복지재단, 아산복지재단, 태평양 복지재단 등 큰 기업재단에 제안서를 내었고 행사 후원을 요청하였다.

　거절당하고 퇴짜 맞는 게 대부분이다. 회장님, 교수님, 관장님 등을 통해서 소개받아 찾아가도 쉽지 않았다. 당연히 전화를 하면 연결도 안 되고 무작정 찾아가도 만나주지 않는다.

어쩌면 후원이 절실한 건 나지만, 그들의 관심을 끌수 있는 건 별로 없었다. 동상이몽이었던 듯하다.

지금도 운영되고 있는 삼성복지재단의 프로그램 공모전에 매년 제안을 해서 겨우겨우 사업을 운영해 왔다.

또한 삼성복지재단의 제안과 후원으로 '사회복지사 해외연수'를 처음 시작하게 되었다. 한국사회복지사협회는 지난 20여년 동안 그 프로그램을 운영해 왔다.

물론 중간에 다른 대기업도 사회복지사 연수 프로그램을 하고 싶다고 제안을 해왔지만 후원 중인 기업에서 적극 반대하여 더 많은 사회복지사에게 기회를 만들지 못한 아쉬움은 있었다.

20여 년 전 내가 사회복지를 시작할 때는 대기업 복지재단들이 사회복지 분야에 크게 기여하고 있었으며, 기업복지재단 관계자들의 모임도 있어 비영리단체에 근무하는 나도 소개를 통해 몇몇 분들과 개인적인 친분을 쌓을 수 있는 기회를 가졌었다.

그 당시 후원이 필요한 사회복지기관에게 기업복지재단은 큰 후원창구였으며, 많은 현장 복지 관계자들이 기업복지재단과의 연결 고리를 만들어 가려고 노력했었고, 이 연결 고리가 후원으로 이어지는 경우가 많았다.

2000년대부터는 기업 사회공헌이 본격적으로 대두되기 시작하였다. 기업복지재단은 별도의 출연기관으로 자체 조직과 사업 목적을 가지고 법인 운영 절차에 따라 이사회 승인을 받고 주무관청의 승인을 받아야 사업을 시행할 수 있다. 주요 사업의 변경 시에도 이러한 절차를 준수해야 하다 보니 기업이 시의적절한 사회적 기여 활동을 하고 싶어도 신속하게 움직일 수 없는 한계가 나타나기 시작했다.

이러한 복지재단의 한계 속에서 기업이 직접 사회에 나눔 활동을 시행하고 그들의 활동을 홍보하고 싶은 욕구를 충족할 수 있는 방향으로 기업의 사회적 기여 방향이 변화하기 시작하였다.

그 결과, 기업 사회공헌팀이 만들어지면서 '기업 사회공헌'이란 명칭이 확산되기 시작했다.
기존 복지재단을 통한 프로그램 공모나 후원 사업의 형태에서 기업들이 하고 싶은 프로그램을 찾아 그것을 함께 할 수 있는 복지단체와 함께 시행해 나가기 시작한 것이다. 한편으론 파트너십의 시작이고 다른 한편으로는 갑을 관계의 시작이다.

기업들은 매년 새로운 복지 프로그램을 모색해왔다. 각 기업은 독창적이고 차별화된 복지 분야, 즉 다른 기업들이 시행하지 않는, 조금만 투자해도 직원들에게 큰 혜택을 제공할 수 있는 프로그램을 찾고자 했다. 결국 이러한 기업들의 요구에 대응하기 위해 명성을 지닌 대형 사회복지 단체들과의 협력이 필수적으로 이루어졌다.

그러면서 기업 사회공헌이 점점 활성화되기 시작했다. 비영리단체를 통해 명성 있는 큰 비영리단체들이 기업 사회공헌 후원의 대부분을 받아 가다 보니 작은 단체들은 후원받기가 점점 어려워지고 있다. 기업들은 본인들이 하고 싶은 프로그램을 더 크고 명성 있는 단체들과 하고 싶어 한다. 비영리단체에 대한 기본적인 신뢰가 없었기에 믿을 만한 큰 단체들만 찾게 되는 것이다.

또한 기업들은 모금회를 통한 지정기탁 프로그램을 운영하다 보니 비영리단체 현장에서는 계획서 작성, 결과 보고, 평가에 큰 노력을 기울여야 하는 경우가 많아지고 있다.

이러한 기업의 사회적 나눔의 변화 속에서 기업의 후원을 받아야만 하는 비영리단체들에게 기업 사회공헌이란 단어가 받아들여지면서 사회복지를 넘어 기업의 사회공헌에 대한 관점과 활동까지 알아야 하고 배워야 하는 상황까지 이르렀다.

어린이재단, 월드비전, 굿네이버스 등 전국 규모의 단체들은 대부분 개인과 기업 후원에 의존하고 있으므로 기업 후원을 받기 위해 큰 노력을 하고 있다. 물론 지역사회복지관이나 사회복지시설들은 기본적으로 정부와 지자체 보조금으로 운영하고 있어 크게 신경 쓰지 않는 경우도 많다.

비영리단체들은 기업 후원을 받고 유지하기 위해 어쩔 수 없는 갑을 관계를 겪어야만 하는 경우가 대부분이다. 기업 사람들은 비영리단체를 부를 때 '업체'라고 한다. 이 이름 그대로의 역할을 요구하기도 한다. 물론 파트너십을 가지고 서로 존중하며 협력하는 기업들도 많으리라 생각한다.

이렇게 기업 사회공헌이 확산되면서 사회복지사들 속에서는 돈 많이 받는 기업에서 사회복지사로서 사회공헌 업무를 하고 싶다는 생각들이 많아지게 되었고, 그러한 분위기가 복지 현장뿐 아니라 사회복지를 공부하고 있는 학생들에게까지도 크게 영향을 미치게 되었다. 하지만 갈 곳은 너무 부족한 게 현실이다.

그러나 사회복지사가 알아야 할 것은 사회공헌이 아니라 사회복지 현장일 것이다.

02.
기업 담당자는
어떻게 사회공헌 프로그램을 만들까?

"새로운 것은 없다", "열 번 찍어도 안 넘어간다"라는 글을 통해서 기업 사회공헌 프로그램 기획과 제안에 대해 이야기하고 있지만, 좀 더 구체적으로 내가 다니는 회사의 사례를 들어 어떻게 기업에서 프로그램을 기획하고 예산이 편성되고 집행되고 있는지 일련의 과정에 대해 설명하고자 한다.

나는 보통 복지단체의 사회복지사들을 만나면 어떤 기업하고 어떤 사업들을 주로 많이 하는지 물어본다. 그리고 어떻게 그 기업과 연결되었는지도 물어보기도 한다. 사회복지사들은 나에게 "회사에서는 어떤 사회공헌 사업을 하고 있는지?", "주로 어떤 비영리단체들과 같이하고 있는지?", "예산은 얼마나 되는지?", "담당 직원은 몇 명이나 되는지?" 등의 궁금한 이야기들을 묻곤 한다.

내가 기업 사회공헌이란 특수한 분야에서 일하는 것에 대한 생소함도 있을 것이고 부러움도 있을 것이고 의아함도 있는 듯하다. 나 역시도 예전에 비영리단체에서 근무했을 때 기업 재단에서 일하는 분들에게 이런저런 질문을 했었던 기억이 있다.

어쩌면 기업에 항상 후원 제안을 해야 하는 현장 실무자로서 가장 궁금한 부분은 과연 기업에서는 어떻게 사회공헌 프로그램을 기획하는지 일 것이다. 이에 현장 사회복지사들의 이해를 돕기 위해 내가 다니는 회사의 경험과 나의 사례를 바탕으로 프로그램 기획과 후원금 집행까지 일련의 과정에 대해 설명하고자 한다.

물론 기업마다 상황은 다를 수 있다. 기업 담당자나 내부 논의를 거쳐 후원 방향이나 프로그램을 기획하는 경우도 있고, 이미 알고 있는 비영리단체 담당자들에게 사업 제안을 요청해서 진행하는 경우도 있을 것이다. 또한, 비영리단체들로부터 사업 제안을 받아 검토 후 해당 아이템을 선정하여 진행하는 경우도 있을 것이다.

나의 경우 전자에 해당하는 사례로 나의 경험과 실제 진행하고 있는 이야기들을 나누고자 한다. 우리 회사의 사회공헌 예산은 연간 약 100억 원 수준이다. 전체 예산 중 소외이웃지킴이 사회복지 분야가 약 30%를 차지하며, 본사와 공장이 위치한 울산 지역 사회지킴이가 40%를 차지하고 있다. 그리고 영웅지킴이(소방관, 해양경찰, 시민) 10%, 환경지킴이(천연기념물, 장항습지, 친환경사회적기업 지원) 5%, 재단 출연 15%로 구성되고 있다. 이러한 내용들은 매년 ESG 보고서와 공시를 통해 관련 내용이 이해관계자들에게 자세히 설명되고 있다.

사회공헌 프로그램 선정과 예산 배정은 매년 초 이루어진다.

일단은 전년도 사업에 대한 실적과 평가를 통해 효과성이나 만족도가 떨어지는 사업은 과감히 중단한다. 계획 대비 수혜자 참여가 현저히 낮거나, 사업 진행이 계획대로 잘 진행되지 못하였거나 담당자 간 의사소통이 잘 안돼서 사업 진행이 어려운 경우도 포함된다.

1차적으로 실무 차원에서 논의되기도 하지만 중간보고 과정에서 임원 입장에서 문제 제기를 통해 중단되는 경우도 있다. 신규 사업 기획과 관련해서는 연중 상시 이슈가 있는 신규 사회공헌 프로그램 기획안을 만들어 둔다.

외부 제안도 수시로 받고 있지만 현실적으로 외부 제안으로 신규 사업이 진행된 경우는 거의 없다. 물론 제안자 입장에서는 좋은 프로그램이라고 생각하고 여러 기업에 제안하겠지만, 우리 기업의 프로그램 방향과 맞지 않는 경우가 대부분이다.

그렇게 준비된 신규 프로그램(안)들에 대해서 매년 1월 1차로 실무진 검토를 거친 후 2차로 담당 임원과 논의하여 기부위원회에 상정될 기획(안)을 결정하게 된다. 이렇게 중단이나 축소, 확대, 강화, 신규 등으로 고려된 프로그램들이 정렬되고, 전년 예산과 당해연도 예산 범위 내에서 세부 예산에 대한 조정, 삭제, 확대 등의 과정을 거쳐 편성된다. 1차로 정리된 자료가 담당 임원에게 보고되며, 보고 과정에서의 임원 의견을 반영하여 최종적으로 당해연도 사업계획과 예산안이 편성된다.

최종 정리된 자료를 바탕으로 사장단으로 구성된 기부위원회를 열어 전년도 사업실적 및 결산 보고와 금년도 사업계획 및 예산안을 보고하고 심의를 마친 결과에 대해 CEO 재보고 및 승인을 받아 최종 확정된다.

매년 1~2월 사이 이런 과정을 거쳐 확정된 연간 사업계획 및 예산을 가지고 연간 집행 계획을 마련하여 관련 비영리단체들과 협업하며 사업을 진행하게 된다.

그럼, 기업 사회공헌 담당자는 어떻게 신규 사업을 기획할까?

나의 사례를 이야기하면, 다음과 같다.
첫 번째, 문제 인식이 제일 중요하다. 사회문제로 인식되는 이슈가 있어야 하고 그것을 중심으로 접근하게 된다.

두 번째, '남들이 하지 않고 있는 새로운 프로그램이 있는가?'이다. 문제로 인식된 분야에 대해 타 기업의 유사한 사례들이 있는지 인터넷 정보 검색을 통해 전반적인 후원 상황을 파악한다. 이러한 과정에서 해당 분야에 대해 좀 더 세부적인 접근을 시도한다.

세 번째, '우리 회사와 어떤 연관성이 있는가?'이다. 몇 해 전 사업과 연관된 사회공헌이 붐을 이루었고 그 분위기는 지금도 기본 바탕이 되고 있다. 물론 모든 사회공헌 프로그램이 꼭 기업과 직·간접적 연관성이 있어야만 하는 것은 아니다.

네 번째, '적은 비용으로 전체를 커버할 수 있는가?' 또는 '문제 해결에 효과 있게 대응할 수 있느냐?'이다. 예산이 너무 많이 들어가거나 문제가 너무 커서 우리의 후원만으론 문제가 해결되기 어려운 경우 쉽게 접근하기 어렵다.

다섯 번째, '중간에 그만두어도 부담이 없는가?'이다. 긍정적인 취지에서 후원이 시작되더라도 상황에 따라 평가가 달라지기 때문에 중단될 수 있음을 항상 고려해 두어야 한다.

여섯 번째, '사업 수행을 위한 대표성 있는 단체가 있는가?'이다. 우리 기업의 경우 전국 규모의 단체들보다는 해당 분야나 수혜자와 관련하여 대표성이나 전문성이 있는 단체를 선호한다.

마지막으로 홍보효과는 사업 진행과정에서 어떻게 접근하느냐에 따라 다르고 관련 부서(홍보팀)에서 진행하는 사항이라 사회공헌 부서에서 깊이 고려하지는 않는다. 물론 전달식이나 사례 소개 등 홍보시점에서는 필요한 경우 관련 자료나 내용이 협조적으로 공유되고 있다.

위에서 가장 먼저 언급한 문제 인식은 사업의 필요성으로 내부 관계자들을 이해시키고 설득하기 위해선 매우 중요하고, 또한 사회복지사로서의 역량이 필요한 부분이다. 이를 위해 공동모금회나 한국사회복지협의회, 전경련 등 관련 기관에서 발간한 CSR 또는 ESG 보고서나 트렌드 보고서 등을 통해 전반적인 분위기를 파악하기도 한다.

또한 타기업 사회공헌 사례들을 인터넷 기사 검색을 통해 파악하기도 하고, 비영리 파트너 단체 관계자들을 통한 사회적 이슈나 분위기를 전달받기도 하며, 관련 분야에 종사하고 있는 사회복지사들을 통해 정보를 얻기도 한다.

깊이 있는 내용 파악이 필요할 경우 관련 논문이나 보고서, 정부 관계 부처 홈페이지를 참고하기도 한다. 기업 사회공헌 프로그램이나 예산 등은 해당 기업 홈페이지에서 ESG/지속가능 보고서를 다운로드하여 볼 수도 있고, 기업 전자공시시스템(DART)을 통해서도 기부금 규모를 확인해 볼 수 있다. 또한 인터넷 기사 검색을 통해 해당 기업의 사회공헌 활동 내용들을 쉽게 확인할 수 있다.

 사회공헌 제안을 하기 위해서 기업 사회공헌 담당자를 만날 기회가 되면 먼저 사전 조사를 통해 그 기업의 사회공헌 내용에 대해 어느 정도 이해를 하고 만나서 이야기를 하면 좀 더 효과적이고 성과 있는 만남이 될 것이다. 그리고 우리 기업에 대해 관심을 가지고 있다는 것에 호의적으로 응대할 것이다.

* 이렇게 물어보시면 안 돼요!

– 귀 기업에서 관심 있어 하는 분야는 무엇인지요?

– 귀 기업은 어떤 사회공헌 활동을 진행하고 계신가요?

– 연간 사회공헌 예산 규모는 얼마나 되나요?

(적어도 제안할 기업에 대해서는 공부 좀 하고 오셔야죠!!!)

* 이렇게 물어봐 주세요 ^^

– 귀 기업에서는 OO 프로그램을 후원하고 있던데 관련 분야로 확대 계획이 있으신지요?

– 귀 기업에서는 OO 분야를 주로 많이 후원하고 있던데 기업의 중점 분야인가요? 그 분야로 집중하시는 이유가 있나요?

– 자료를 보니 기부금이 연간 OO억 원이던데 본사에서 다 집행하시는지요? 사회복지 분야는 어느 정도 비중을 차지하는지요?

(날카로운 질문에 땀나네요. 역시 사회복지사는 다르네요~^^)

이렇게 우리 회사와 나의 사례를 바탕으로 몇 가지 이야기를 나누었다. 좋은 프로그램이 있다면 어느 기업이든 환영할 것이다. 물론 서로 입장이 다르고 관점이 다르고 생각이 다르다 보니 동일한 상황을 같이 보고 듣고 이야기하더라도 동상이몽이 될 가능성이 매우 높다. 그러니 쉽게 포기하지 말고 꾸준히 관계를 형성해 나가기 바란다.

좋은 아이디어의 사회공헌 제안 프로그램이 있다면, 먼저 회사 홈페이지 내 고객의 소리 등을 통해 제안서를 제출할 수 있다. 또는 회사 대표 전화번호로 전화 후 관련 부서 연결하고 담당자 통화 후 이메일을 확인하여 제안서를 보내줄 수도 있다. 한편, 가능하다면 주변 지인을 통해 담당자 연락처를 확보한 후 제안서를 보낼 수 있다.

한편, 일방적으로 전화해서 미팅을 제안하면 부담스럽다. 잘 알지도 못하고, 신규 사업 계획도 없으며, 제안 프로그램이 어떤 건지도 모르는데 무작정 만나자고 하면 불편하여 메일로 보내시라고 말한다.

좋은 아이디어의 다양한 프로그램을 계속 제안하면, 사회공헌 담당자가 원하는 프로그램이 있을 경우 연락할 것이다(열 번 찍어도 안 넘어간다).

03.
새로운 것은 없다.
아는 만큼 보이고, 모르는 만큼 무관심할 뿐이다

기업 사회공헌 담당자라면 누구나 한 번 이상은 듣게 되는 말이 있다. "이거 계속해야 하나?", "이거 왜 해야 하지?", "뭐 새로운 거 없나?"

기업들은 항상 새로운 사회공헌 프로그램을 요구하고 기존에 해오던 프로그램에 대해서는 자꾸 새롭게 바꾸려고 한다. 그래서 10년 이상 지속되고 있는 기업 사회공헌 프로그램이 많지 않다. 이런 상황에서 기업 사회공헌 담당자는 매년 새로운 프로그램 개발에 큰 스트레스를 받을 수밖에 없다. 나 역시 남들이 안 하는 것, 조금만 도와주면 다 도와주는 그런 프로그램을 매년 찾아 기획해야 했다.

기업들은 사회 구성원으로 사회적 책임을 다하고자 다양한 사회공헌 활동을 진행하고 있지만, 이러한 활동은 언론 홍보를 통해 기업 이미지 개선 효과를 높이는데 더 큰 의미를 부여한다.

ESG 경영이 확대되면서 CSR만큼 홍보에 적절한 이슈가 없기에 거의 모든 CSR 활동이 ESG 경영의 하나로 언론에 보도되고 있다.

대부분 기업은 프로그램의 질적 평가보다는 기업과 연관성, 홍보 효과에 더욱 치중하게 된다. 물론 최근 들어 사회적 가치란 단어가 이슈화되면서 프로그램의 효과성이나 성과 평가도 고려되고 있지만 그건 일부 대기업의 사례일 뿐이다.

전경련의 「2021 주요 기업의 사회적 가치 보고서」에 따르면 대표 프로그램의 평균 시행 기간은 9.5년으로 나타났으며, 10년 초과 지속되는 프로그램은 34.2%이며, 5년 초과 지속 프로그램은 65.0%인 것으로 조사되었다. 이것은 매출액 상위 500대 기업 중 210개 사를 조사한 후 105개 사의 123개 대표 프로그램의 추진 기간에 대한 조사 결과이다.

이는 대표 프로그램의 사례이다. 기업들은 실제로는 수많은 프로그램을 운영한다. 기업마다 선호하는 프로그램들이 대표 프로그램으로 오랫동안 지속되고 있지만 매년 폐지와 신규 개발이 반복될 수밖에 없다. 홍보 효과가 작기 때문인 이유도 있다.

현재 기준으로 우리 회사 주요 사회공헌 프로그램 중 약 20개의 평균 시행 연도는 10년이 넘는다. 한번 시작된 프로그램은 지속된다. 수혜자와 직접적인 접점이 있거나 회사 사업과 연관된 프로그램들이다 보니 지속성이 높다.

단순 이벤트나 행사성 후원은 거의 진행하지 않는다. 이런 경우는 일회성에 끝난다. 하지만 수혜자에게 직접 지원되는 경우 사업을 중단하기 쉽지 않다. 사업의 지속성을 위해 수혜자에게 직접적인 도움을 줄 수 있는 사회공헌 프로그램들에 중점을 둔다.

그리고 주요 사회공헌 프로그램 전달식 행사에는 회사 주요 임원들이 돌아가면서 참여하도록 하고 있다. 임원들의 관심과 이해가 함께 되어야 사회공헌 활동이 지속될 수 있다.

한편 사업을 쉽게 중단할 수 없는 단점도 있지만 사업의 지속성이 의미가 없을 경우 과감하게 중단한다.

예전에 초등학교 앞 안전 펜스 설치 사업이 있었는데 이후 지자체에서 안전 펜스 설치가 확대되면서 자연스럽게 사업을 중단하기도 하였고, 그룹홈 아동 영어캠프 프로그램도 있었는데 지자체에서 영어마을 캠프 지원 예산이 늘어나면서 자연스럽게 회사의 지원을 중단한 경우도 있다.

다른 사례로는 5년 넘게 진행해 오던 프로그램인데 후원받은 기관에서 공동모금회 지정기탁을 하면서 행정 절차가 번거로워 후원금이 미집행되면서 사업이 중단된 경우도 있었고, CEO가 바뀌면서 기부 취지에 대한 견해가 달라 중단된 경우도 있었다.

신규 프로그램을 기획하여 후원하고, 사업을 시행하고 유지하는 것도 힘들지만, 상사의 말 한마디로 폐지나 중단된 프로그램은 복원이 불가능하다.

사회공헌 담당자는 연중 다른 기업들의 사회공헌 활동과 관련해서 언론보도를 살펴야 하고, 각종 세미나에 참여하거나 모임에 참여하여 동향을 파악해야 한다. 물론 사회적 이슈에도 민감해야 한다. 이를 기반으로 새로운 프로그램을 기획해야 한다. 인터넷을 통한 정보 검색은 기본이고 관련 단체의 자문을 통해 문제점을 파악하고 후원 방향을 설정해야 한다.

혼자서 생각하고 혼자서 정할 수 없다. 이러한 과정에서 기업 사회 공헌 담당자와 비영리단체와의 유기적이고 긴밀한 정보 교류가 필요하다. 결국 기업 담당자들은 기존에 함께하고 있는 단체들을 통해 정보를 얻을 수밖에 없다. 그래서 비영리단체 관계자들의 역량과 역할이 중요하다.

기존 프로그램이 지속되기 위해서는 매년 결과를 공유해야 하고 매년 행사를 새롭게 구성해야 한다. 그리고 수혜자 중심의 직접적인 사업이어야 하며, 임직원들의 참여가 함께 이루어져야 한다.

유사한 기부 사례가 많은 프로그램은 중단해도 영향이 적겠지만, 우리 기업 외에 후원자가 없는 프로그램의 경우 수혜 대상자들에게는 큰 영향을 미친다. 무책임하게 그리고 그동안 비영리단체와 협력관계에서 쌓아온 신뢰를 저버리고 그냥 쉽게 중단해서는 안 된다. 그만큼 프로그램 하나하나에 책임감을 가지고 기획하고 실행해야 한다.

새로운 것은 없다. 그동안 우리가 모르거나 무관심했던 것이 남아 있을 뿐이다.

04.
모든 것은 계획에서부터 시작된다

나는 아침 6시에 일어난다. 한 시간 정도 운동을 한 후 출근하면 8시가 조금 넘는다. 커피 한잔을 마시며 인터넷 사회 뉴스를 즐겨보고 사회공헌 검색으로 다른 기업들의 활동 소식들을 접하며 하루를 시작한다. 9시가 되기 전 오늘 해야 할 업무 목록을 점검한다. 그리고 급히 처리할 것을 먼저 하고, 시간이 정해진 회의나 미팅을 기준으로 해야 할 업무의 순서를 배치한다. 이렇게 하루의 업무 스케줄을 잠시 정리하곤 그 스케줄에 따라 일을 시작한다.

나는 연간 사회공헌 프로그램을 기획하고 예산을 편성하여 연중 해당 사업을 수행한다. 매년 신규 사업을 기획해야 하고, 연중 수십 개의 프로그램을 직접 진행해야 한다. 물론 모든 프로그램에는 해당 분야에 전문성을 가지고 있는 비영리 파트너 단체들이 함께하고 있기에 가능한 것이다. 또한 나 역시 사회복지 경험이 있기에 그리고 현재의 모든 프로그램을 10년 넘게 시행해 오고 내가 만들어 왔기에 가능하리라 생각한다.

한 달에 보통 서너 번의 기부금 전달식 등 행사가 있다. 거의 매주 비슷하게 일들이 진행된다. 내 책상에는 항상 3개월 치 달력이 벽에 붙여져 있다. 기존 탁상 달력을 나누어 붙여서 사용하고 있다. 행사 일정을 3개월 전부터 잡아 놓고 스케줄에 따라 진행하고 있다.

우리 회사는 연초에 연간 기부 계획을 사장단으로 구성된 기부위원회 회의에서 심의한 후 CEO의 결재를 받고 연중 진행되기 때문에 수시 제안에 대한 후원은 진행하지 않는다. 그래서 연간 모아둔 외부 제안서나 내부 신규 사업 기획안들은 연초에 다시 정리해서 당해연도 신규 사업 기획안으로 올린다.

기부금 전달식은 보통 최소 1달 전에 일정을 잡는다. 기부금 전달식이나 행사 2주 전 해당 내용에 대한 기획서나 검토서를 작성한다. 그리고 작성이 끝나면 팀리더, 전무, 사장에게 이메일로 보고하고, 보고가 완료되면 기안지를 작성해서 결재를 올린다. 결재가 끝나면 해당 기부금에 대한 전표를 작성하고, 기부금이 입금되고 나면 기부금 영수증을 받아 챙겨 놓는다. 기부금 영수증은 이메일로 받아 저장해 놓고 매년 정리된 서류를 회사 세무팀에 송부하여 해당 팀에서 다시 한번 체크한다.

이 과정이 프로그램의 기획부터 기부금이 지급되는 일련의 과정이다. 이러한 과정은 매회 주기적으로 계속 진행되며 이와 별도로 다른 과정이 연결되어 준비되고 진행되는데 그것은 바로 후원금 전달식 등 행사 준비이다. 우리 회사와 비영리단체 양 기관 대표자분들의 일정을 고려해서 행사 일정과 장소를 잡고 세부 일정을 협의한다.

보통 회사 출발부터 도착, 영접, 티타임, 경과보고, 기부금 전달식, 촬영, 종료의 순으로 진행된다. 일련의 과정에 대한 세부 일정과 업무 분담을 정하게 된다. 그리곤 참석 내빈들이 서로 사전에 상대방을 알고 가야 하기 때문에 자료에는 주요 참석자 약력과 식순에 따라서는 인사말 순서가 들어가기도 한다.

행사 준비에서 가장 중요한 것은 기부패널과 현수막이다. 현수막을 배경으로 기부패널을 들고 찍은 행사 사진은 언론에 노출되어 이 행사를 가장 쉽게 그리고 정확하게 알릴 수 있기 때문이다.

현수막이나 기부 패널에 들어가는 행사 제목은 프로그램명으로 한다. 보통은 직접적인 설명이 들어가는 제목을 대부분 사용하나, 프로그램에 따라서는 색다른 제목을 쓰기도 한다.

겨울철 기름보일러를 사용하는 저소득가정에 난방유를 지원하는 프로그램의 제목은 "저소득 가정 난방유 지원"이며, 장애인들에게 해외 마라톤 참여의 기회를 제공하는 프로그램의 제목은 "장애인 감동의 마라톤"이다.

또한 희귀질환 환아 가족들의 힐링을 위한 캠프는 "햇살 나눔 캠프"라는 이름을 사용하였다. 이렇듯 간접적 표현이든 직접적 표현이든 회사마다 또는 비영리단체마다, 그리고 담당자의 성향에 따라 다양하게 사용될 수 있다.

기부금 패널에는 제목, 일자, 기부금, 기업명, 단체명, 이렇게 5가지가 기본으로 들어가는 데 결국 디자인이 중요하다. 행사 의미나 분위기를 고려한 디자인이 잘 표현이 되어야 사진으로 느낌이 전달되기 때문이다. 그래서 현수막이나 기부 패널 시안에 대해서는 여러 번 서로 협의하고 고쳐지곤 한다. 이것은 매우 어려운 과정이다. 서로 다른 담당자의 눈높이와 관점에서 하나의 합의된 결과물을 만들어 가야 하기 때문이다.

행사 세부 일정도 확정하여 기획서도 사전에 내부에 보고되었고, 기부금도 행사 전에 입금되었으며, 기부 패널이나 현수막도 제작되었으니 이제 행사 당일 업무가 남았다.

CEO가 참석하는 기준으로 실무자들은 보통 1시간 전에 가서 현장 준비사항을 확인한다. 물론 행사를 주관하는 비영리단체 담당자는 그 전부터 준비하고 있을 것이다.

실무자가 현장을 같이 준비하고 있으면 행사 15분 전 임원급이 현장에 도착해서 진행상황을 점검한다. 이 과정에서 비영리단체 실무책임자는 기업 관계자들에게 진행 준비 사항을 하나하나 잘 설명해 주어야 한다. 혹시라도 현장에서 추가 요구사항이 있을 경우 신속하게 반영해야 한다.

정해진 시간이 되면 기업 CEO가 현장에 도착하게 되고 비영리단체 대표와 인사를 하고 행사장으로 이동한다. 보통은 비영리단체 대표가 먼저 현장에 도착하여 기업 대표자를 환대하는 경우가 많고, 상황에 따라서는 기업 관계자가 먼저 도착하는 경우도 있다.

이젠 행사 시작이다. 나는 행사 시작 이후에는 관여하지 않고 멀리서 지켜본다. 행사 시작 전 모든 일련의 시나리오와 상황에 대해 비영리단체 담당자와 소통하고 공유하고 있기 때문이다. 행사는 주관단체에서 진행하기 때문에 최대한 관여하지 않는다. 매 순간 개입하면 정작 배가 산으로 갈 수 있기 때문이다. 물론 돌발변수가 있거나 계획대로 진행되지 않는 부문이 생기면 신속하게 개입하여 조정해 준다. 결국에는 우리가 서로 열심히 준비하고 계획한 대로 행사는 진행되고 마무리된다.

물론 행사 진행 과정이 매끄럽지 않거나 돌발 상황이 발생하는 경우도 있다. 예를 들어, 행사 전날 받은 현수막에 오타가 있거나, 행사 중 식순에 따른 국민의례 음악이 나오지 않거나, 현장에 태극기가 없는 경우도 있고, 장학 증서나 상패의 순서 또는 수상자 위치가 바뀌는 경우도 있다. 대표자의 인사말 원고가 미리 연단에 준비되지 않은 경우도 있고, 사회자의 돌발 인터뷰가 생기는 경우도 있으며, 회사 대표자가 갑작스러운 일로 행사 중간에 가는 경우도 있다. 영상이 안 나오는 경우도 있고, 마이크 음량이 작거나 너무 큰 경우도 있다. 이 외에도 현장에서는 많은 변수들이 생긴다. 사전에 충분히 준비하는 노력도 필요하지만 현장에서 문제 발생 시 신속히 대처하는 순발력도 필요해서 빠른 판단과 결정으로 대처해야 한다.

이것도 결국 행사 주관단체의 담당자가 대처해야 한다. 그래서 나는 행사가 시작되면 관여하지 않는다. 그들이 책임감을 가지고 진행해야 하는 상황에서 나의 간섭으로 인해 자칫 혼란과 지체를 유발할 수 있기 때문이다. 항상 나의 파트너 담당자를 믿고 지켜본다.

이렇게 행사가 끝나면 나는 개인적으로도 평가서를 작성해 놓는다. 잘된 점, 아쉬운 점 등을 메모해 놓아야 추후에 보완하여 진행하는 데 참고할 수 있기 때문이다.

이러한 일련의 행사뿐만 아니라 자원봉사 행사는 더 손이 많이 가고 해야 할, 챙겨야 할 것들이 많다. 행사 준비부터 당일 시작과 끝의 모든 상황을 구체적으로 머릿속에 그려보며 하나하나 놓치지 않고 챙겨야 한다. 이러한 일련의 업무 수행 과정에서 담당자의 역량을 알 수 있는 것이다.

모르면 안 보이나 알수록 보이는 것이 행사 기획이다.

하루 업무의 시작부터 주간 업무 계획, 월간, 분기, 반기, 연간 이어지는 일련의 계획과 일정들에 맞추어 나의 삶은 이어진다. 끊임없이 반복되는 계획된 일정 속에 가끔 지치기도 하지만 현장에서 도움을 받는 분들을 만나면 보람과 자부심을 느끼며, 다시 한번 나 자신을 되돌아보곤 한다.

나는 기업 사회복지사다.

05.
나무를 보아야 숲을 볼 수 있다

속담에 "나무를 보고 숲을 보지 못한다"라는 말이 있다. 부분만 보고 전체는 보지 못하는 근시안적인 사고방식을 비유적으로 이르는 말이다. 그러나 일을 할 때는 숲을 보기 전에 나무를 볼 줄 알아야 한다. 본인이 세부적인 사항을 기획하고 만들고 시행하지 않으면 전체를 볼 수 없기 때문이다.

시상식이나 장학금 전달식 행사를 하려면 먼저 그 행사의 진행 계획을 전반적으로 상상하며 하나하나 진행될 일들에 대해 생각하고 그 속에서 준비되어야 할 것들을 체크한다. 세부 업무 리스트를 작성해야 한다.

장소, 테이블 배치, 단상, 연단, 마이크, 현수막, 증서, 상장, 꽃다발, 참가자 명단, 내빈 명단, 자리 배치, 태극기, 음향, 주차권, 꽃, 수반, 무대 진행 인원, 접수 등 구체적인 체크리스트를 작성하고 하나하나 준비해 가며 최종 행사 전날 모든 세팅을 마쳐야 한다. 이러한 준비를 토대로 진행 시나리오를 작성하는 것이다.

이렇게 행사를 위한 세세한 것 하나하나 생각하고 준비하고 챙기다 보면 전체적으로 모든 사항을 경험하게 된다. 이러한 경험을 여러 번 하다 보면 다음부터는 어떤 행사든 전체적인 준비 목록과 시나리오가 자연스럽게 작성되게 된다. 그렇게 모든 나무가 자기 손안에 들어오면 그다음에는 자기도 모르게 나무가 아닌 숲을 보게 되는 것이다.

나무를 볼 줄 알아야 숲을 보는 것이다.

그런데 나무도 한 그루를 보는지, 열 그루를 볼 수 있는지는 개인의 기본 역량에 따라 다르다. 자신의 기본 능력을 바탕으로 기존 행사 자료와 사진들을 잘 살펴보면서 하나하나 자신의 나무들을 만들어가야 한다.

행사를 하다 보면 놓치는 것이 꼭 하나씩은 생기게 마련이다. 나 역시 전국 규모의 큰 행사를 개최하면서 여러 행사 준비로 정신이 없다 보니 회장님 인사말 원고를 연단에 미리 가져다 놓는 것을 잊어버려 결국 회장님이 당일 행사 팸플릿에 인쇄되어 있는 인사말을 보고 읽는 해프닝을 만들었고 그 일로 나는 엄청나게 혼났던 기억이 있다.

또 어떤 행사에서는 무대에 태극기 준비하는 것을 깜빡 잊어버리고 진행하다가 사회자의 "국기에 대한 맹세" 멘트에 따라 눈을 무대로 돌렸는데 그때 서야 태극기가 없는 것을 알게 되었고, 결국 사회자가 그 상황을 재치 있게 "각자 마음의 태극기"라는 멘트를 던져 모면한 경우도 있었다.

그래서 가능한 한 모든 세팅은 행사 전날 마쳐야 하고, 당일 아침에는 하나하나 준비된 사항을 다시 점검하고 확인해야 한다.

특히, 현수막의 경우 오타가 있으면 당일 교체가 불가능하기 때문에 항상 미리 받아 펼쳐서 내용을 확인하거나 전날 행사장에 부착하여 오타가 없는지 다시 확인해야 한다.

시상식이나 장학금 전달식을 할 때면 상장이나 증서를 수혜자에게 순서대로 하나하나 전달하게 된다. 그런데 간혹 상장이나 증서가 바뀌는 경우도 있다. 이런 경우 나중에 양해를 구하고 바꿔주면 되니까 당황하지 말고 그냥 아무 일 없듯이 일단 순서대로 주어야 한다.

시상식을 진행하고 있는데 이름 순서가 틀렸다고 찾아보고 다시 순서를 맞추려고 시도하다가는 무대를 혼란스럽게 할 뿐만 아니라 행사 전체 진행을 완전히 망칠 수가 있으니 절대 멈춰서는 안 된다.

나는 일 년에 전달식, 시상식 등 행사를 약 40회 진행한다. 작은 전달식부터 수혜자들이 모두 참석하는 행사까지 그리고 실내에서 또는 실외에서 등 다양한 종류의 행사를 진행한다. 15년 넘게 진행해 오다 보니 행사 제목만 봐도 무엇을 어떻게 얼마나 준비해야 하는지 가늠이 되고 전체적인 진행 시나리오도 자연스럽게 만들 수 있게 되었다. 이러한 결과는 수없이 많은 나무를 보고 만지고 다듬으며, 이 나무들을 토대로 전체적인 숲을 볼 수 있는 시야가 생겼기 때문이다.

내가 실무자로서 하나하나 경험해 보지 못했다면 전체를 볼 수 없을 것이다. 아니 전체를 보아도 껍데기만 볼 수 있을 뿐 내용을 알지 못하며 뒷북만 치고 있었을 것이다.

어설프게 아는 척하는 사람도 많고 뒷북 치는 사람도 많고 현장에서 바쁜데 쓸데없는 요구를 하는 경우도 많다. '맹인모상'의 주인공이 되어서는 안 된다. 맹인모상이란 '장님이 코끼리를 만진다'는 뜻으로, 전체를 보지 못하고 자기가 알고 있는 부분만 가지고 고집한다는 말이다.

항상 똑같아서도 안 된다. 기본 골격은 유지하되 세세하게 아주 세밀하게 더 챙겨보고 변화를 주려고 시도해야 한다. 그러한 노력이 결국 행사 참가자들을 만족하게 만들고 행사가 계획대로 흘러갈 수 있게 만드는 것이다.

귀찮다고 무시하거나 지나치거나 나중으로 미루면 결국 구멍이 생기고 문제를 일으킨다. 백종원 씨가 TV 프로그램 〈골목식당〉에서 장사하시는 분들께 하는 멘트가 있다. "내가 힘들어야 손님이 만족한다." 맞는 말이다. 내가 힘들게 준비해야 행사가 원활히 진행된다. 힘들게 준비한다는 것이 외적인 요인에 의한 힘듦이 아니라 자발적인 노력에 따른 힘듦인 것이다.

나무를 보는 것도 능력이고 숲을 볼 줄 아는 것도 능력이다. 그러나 노력하지 않으면 만들어지지 않고 노력하지 않으면 빈 수레가 된다. 내가 열심히 일해야 빈 숲에 빽빽하게 나무를 심게 되고, 그걸 바탕으로 큰 숲을 볼 수 있는 능력이 생기는 것이다. 작은 행사든 큰 행사든 규모의 차이만 있을 뿐 준비해야 하는 기본적인 것들은 비슷하다. 두려워하거나 회피하지 말고 당당히 자신 있게 자신의 것으로 만들어야 한다.

그러면 어느 날 당신은 멋진 기획자가 되어 있을 것이다.

06.
등잔 밑이 어둡다

기업 사회공헌 분야에서 언제부턴가 전략적 CSR이라고 하면서 회
사 사업 또는 영업(이하 "사업") 연관된 CSR이 화두가 되었고 지금도
신규 사업기획에서 제일 먼저 고려하는 것이 사업 연관성이다.

전략적 CSR이란 기존의 비재무적 사회공헌 활동을 기업의 영업 활
동에 따른 이익, 즉 재무적 성과와 연관된 사회공헌 활동으로 지속할
수 있도록 접근하는 것이다. 예를 들어 회사에서 유류를 지원하면,
해당 금액만큼 기부금 공제를 받게 되고, 수혜자는 우리 회사 유류를
지원받으면서 자연스럽게 고객이 되어 우리 회사 유류를 지속적으
로 이용하게 된다는 의미이다.

처음에 회사에서 사회공헌 프로그램을 기획할 때 정유사지만 유류
지원에 대해서는 부정적이었다. 하지만 전략적 사회공헌이 붐이 일
면서 우리 회사 제품을 통한 사회공헌 활동에 관심을 갖게 되었다.

그래서 2011년 보건복지부, 한국사회복지협의회와 함께 "주유소
나눔 N 캠페인" 협약을 체결하게 되었다. 이는 전국에 있는 에쓰오
일 주유소에서 인근 복지시설을 추천받아 1개 복지시설에 2백만 원

상당의 유류를 지원해 주는 프로그램이다.

이후 사업과 연관된 사회공헌 프로그램을 기획하는 것이 우선순위가 되었다. 2012년 한국사회복지협의회에서 운영하는 푸드뱅크(식품 나눔) 차량 유류 지원, 2015년에는 지원 분야를 확대하여 전국 저소득가정에 난방유를 지원하는 프로그램을 신설하였다. 2018년에는 청년 창업 아이템으로 푸드트럭이 활성화되면서 이들을 지원하기 위해 함께 일하는 재단과 함께 "청년푸드트럭 유류 지원" 사업을 신설하였다. 푸드뱅크(식품 나눔) 차량 유류 지원 프로그램을 제외하고 나머지 3개 프로그램은 현재까지 후원 사업이 진행되고 있으며, 전체 사회공헌 예산 중 일정 수준을 유지하고 있다.

사업의 연관성을 지역 사회까지 확대하면서 더욱 다양한 후원 프로그램들이 진행되어 연간 약 50% 수준에 달하고 있다.

특히, 회사 내 ESG 실무 위원회에서는 사회공헌 예산 집행 평가 목표 기준에 매년 일정 규모 이상을 사업과 연관된 사회공헌 활동을 하도록 가이드라인을 설정하여 명시하고 있다.

가전 회사에서는 전국 아동복지시설에 컴퓨터를 기증하여 컴퓨터실을 만들 수 있도록 지원하거나, 코로나19 당시에는 공기청정기를 전국 시설에 지원한 사례도 있다.

차량 제조 회사는 복지시설에 차량을 지원해 주고 있으며, 식료품 제조 회사는 푸드뱅크에 식료품을 기증하기도 한다. 금융사는 소외계층을 대상으로 금융교육을 시행하기도 하고, 포인트 기부를 하거나 재난 지역 주민들에게 금융지원을 하기도 한다.

의류회사는 국내 또는 해외 빈곤 지역에 의류를 기증하고, 완구류 회사에서는 환아들이나 저소득가정 아이들에게 장난감을 기증하기도 한다. 통신사에서는 통신요금을 감면해 주기도 하고, 법률 관련 기업에서는 무료 법률서비스를 제공하기도 한다. 병원에서는 무료 진료 서비스를 제공하기도 하고, 문화예술 관련 기업에서는 무료 공연을 개최하거나 관람권을 나누기도 한다.

이렇게 다양한 업종의 수많은 기업이 각자 고유의 제품을 기반으로 사회공헌 서비스를 제공하고 있다. 그러한 노력이 단순히 일방적인 제공에만 그치지 않고 그들이 새로운 소비자로 유입될 수 있기를 기대하기도 한다.

사업과 연관된 CSR 프로그램은 '일석삼조'이다. 회사 제품을 1차적으로 제공하게 되고, 이는 해당 제품가격에 대한 기부금 처리로 연결되며, 제품에 대한 새로운 소비층을 형성하기도 한다.

일부 기업에서는 사회공헌 전략으로 일석삼조의 관점으로 접근하는 경우도 많다. 어쨌든, 기업이 자사의 제품으로 사회공헌을 실천하는 것은 기본이다. 다만 물품이 아닌 현금을 기부한 후 사업을 주관하는 비영리단체에 자사의 물품을 구매하여 수혜자들에게 전달해 달라는 난처한 요구는 하지 않아야 할 것이다.

기업이나 비영리단체 모두 구매 절차를 준수해야 하는 것은 같기 때문이다.

07.
세금계산서와 기부금 영수증은 다르다

파트너십(Partnership)은 비즈니스 파트너 또는 동업자들이 상호 이익 증대를 목적으로 협력하기로 한 합의라고 정의한다. 경제학적인 측면에서 다양한 정의와 법적 형태가 존재하나 내가 일하고 있는 비영리 측면에서 접근하고자 한다.

사회학적 관점에서 미국 하버드대학교 경영대학원 교수인 제임스 E. 오스틴(James E. Austin)은 비영리 파트너십을 4단계로 구분하여 설명하였다(James E. Austin & May Seitanidi, 2014).

첫 번째, 자선적 단계다. 일방적으로 자원을 제공하여 자선적 기여를 하는 조직과 그 자원으로 사회변화를 실행하는 조직으로 나뉘는 단계를 의미한다.

두 번째, 교환적 단계다. 마케팅 활동이나 일정 부분의 자원을 상호 교류하여 상호 간의 이익을 추구하는 단계이다.

세 번째, 통합적 단계다. 조직의 다양한 자산이 조직적으로 연계되면서 보다 큰 가치를 창출하는 단계이다.

네 번째, 변혁적 단계다. 강하고 장기적인 협력 체계를 통해 사회 및 파트너 기관의 혁신적 변화를 만들어 내는 단계로 설명하고 있다.

미국 피츠버그대의 미국 정부론 석좌교수 가이 피터스(Guy Peters)는 민관 파트너십의 특징을 다섯 가지로 설명하고 있다.

첫째, 둘 이상의 참여자가 있다.

둘째, 각 참여자는 자율성을 가지고 이해 당사자로 참여한다.

셋째, 지속적으로 상호작용과 협력이 일어나야 한다.

넷째, 파트너는 물질적이든 비물질적이든 무엇인가 기여한다.

다섯째, 참여자는 결과에 대한 책임을 공유한다.

기업 사회공헌은 대부분 비영리단체를 통해 이루어진다. 후원금을 기부금 처리해야 하고 사회복지 분야에 대한 프로그램을 운영해 줄 누군가가 필요하기 때문이다. 기업은 후원금, 자원봉사 인력, 홍보역량을 가지고 있으며, 비영리단체는 사회문제 대한 이해와 비영리 전문 지식, 프로그램 기획력과 실행력, 네트워크 등을 가지고 서로 협력한다.

하지만 기업은 사회문제에 대한 이해가 부족하고 비영리에 대한 지식이 부족하다. 프로그램을 실현할 네트워크도 없다. 비영리단체는 재정적 한계와 홍보역량 부족의 한계를 가지고 있다. 물론 기업에 대한 이해도 부족하다.

전경련의 기업 사회공헌 백서에 따르면 기업 사회공헌의 절반 이상이 사회복지 분야이다. 그만큼 기업 사회공헌에 사회복지단체의 역할은 큰 비중을 차지한다. 이러한 기업과 비영리 단체와의 관계를 우리는 '파트너십'이라고 한다. 그런데 과연 돈을 주는 사람과 받는 사람이 동등한 파트너십을 가질 수 있을까?

기업은 사회공헌 프로그램을 기획하면서 적절한 파트너를 찾기 위해 노력한다. 기본적으로 기업은 비영리단체에 대한 신뢰나 믿음이 없고 잘 모른다. 그러다 보니 언론에 많이 노출되어 있는 명성 있는 큰 단체들을 찾을 수밖에 없을 것이다. 외부 후원이 주축을 이루는 비영리단체들은 기업 후원에 의존할 수밖에 없고 이러한 분위기 속에서 그들만의 리그가 시작된다.

기업에 더 호의적이고, 기업에 더 잘해주고, 해 달라는 대로 다 해주는 그런 단체를 기업들이 선호하게 된다. 이 과정에서 비영리단체가 가지고 있는 사업 방향이나 의견들은 무시될 수밖에 없다. 물론, 파트너로서 서로 협력적으로 일하는 기업과 비영리단체도 많을 것이다.

기업 사회공헌 담당자들이 비영리단체를 대하는 태도는 다양하다. "우리 행사 때 연예인 홍보대사 좀 데려와 달라", "우리 회사가 정부 표창을 받게 해 달라.", "사업하기 전에 계약서 먼저 쓰자(모든 책임은 너희들이 져라!)", "우리 회사 사업 담당을 사원이나 대리 말고 팀장급 이상으로 바꿔달라", "협의할 게 있으니 회의하게 당장 들어와 달라."
이외에 늦은 밤이나 새벽에도 카톡으로 업무를 지시하는 경우도 다반사다.

또한 함께 이룬 성과를 기업이 혼자 한 것처럼 홍보하여 성과를 독점하는 경우도 있다. 보도자료에 사업을 함께한 비영리단체나 대표자 이름은 넣지도 않고 기업이 직접 다 한 것처럼 보도자료를 작성해서 홍보하는 경우도 다반사다.

내가 글로 남기지 못한 사례들이 더 많으리라 생각한다. 기업의 성향과 분위기 문제일 수도 있고 기업 담당자의 개인적 자질의 문제일 수도 있다. 지금 비영리단체에서 기업 사회공헌 업무를 담당하는 분들에게 묻고 싶다. 당신은 지금 기업 담당자와 파트너십을 가지고 일하고 있나요? 동등한 파트너 관계라고 느끼고 있나요?

달리 생각해 보면 어쩌면 이러한 관계는 비영리 스스로 만들어놓은 것일 수밖에 없다. 후원은 계속 받아야 하고 기업 담당자가 원하는 대로 안 해주면 후원이 줄거나 중단되면 우리 단체에 영향을 미치다 보니, 그냥 알면서도 모른 척 넘어가면서 자연스럽게 인수인계된 듯하다.

아닌데 아니라고 말하지 못하고 있는 현실이 지속되고 있다. 물론 규모가 있는 단체들은 기업이 무리하게 단체에 맞지 않는 사업을 제안할 경우 "No"라고 하는 경우도 있다. 하지만 대부분 비영리기관에서는 이러한 갑을 관계 속에서도 어쩔 수 없이 관계를 잘 형성해 가며 후원을 받아야만 한다.

가끔 어떤 기업들은 비영리단체에 우리가 행사할 때 단체 홍보대사를 불러달라고 요구하는 경우가 많다. 홍보대사야 어차피 본인들도 이미지 차원에서 참여하는 것이니까 비영리단체에서도 후원금 규모나 지속가능성을 고려해서 필요한 경우 홍보대사를 적극 활용하는 것도 좋다.

그러나 무리한 일이 당연시되어서는 안 된다. 꼭 홍보대사를 데려오라고 하거나, 홍보대사 중 누구를 지명해서 요청하는 등 무리하고 무례한 요청을 하는 기업과는 처음부터 후원 사업을 진행해서는 안된다.

왜냐하면 기업의 요구는 거기서부터 시작해서 점점 더 많아지고 높아질 것이 분명하기 때문이다. 처음부터 정신 똑바로 차리고 대해야 한다. 후원해 준다고 무조건 동의하거나 요구를 들어주어서는 절대 안 된다. 그것이 갑을 관계의 시작이다. 파트너십인지 아니면 갑을 관계인지는 지금 당신의 생각과 태도에 달린 것이다.

파트너십은 없다. 후원하는 기업과 후원을 받는 기관일 뿐, 동등한 위치가 아니기에 파트너십은 없다. 그것이 현실이다. 세금계산서와 기부금 영수증은 다르다. 사회복지단체는 업체가 아니고, 사회복지사는 업자가 아니다.

08.
열 번 찍어도 안 넘어간다

"사회공헌 담당자랑 통화할 수 있을까요?"

나는 기업 사회공헌 담당자로 업무를 하면서 외부로부터 많은 제안을 받는다. 회사 대표 번호로 전화해서 사회공헌 담당자를 바꿔 달라고 해서 나에게 연결되는 전화도 있고, 회사 홈페이지 고객의 소리 메뉴를 통해 후원 제안을 받기도 한다. 우편으로도 소식지나 제안서들이 많이 오며, 가끔은 지인의 소개로 나를 알게 된 분들이 제안을 하기도 한다.

20여 년 전 내가 한국사회복지사협회에 근무할 때는 기업복지재단에서 진행하는 프로그램 공모전에 제안하는 경우가 대부분이었고, 때로는 회장님이나 교수님들 추천으로 기업을 소개받아 방문하여 제안하기도 하였다. 프로그램이나 여러 상황에 따라 후원이 되는 경우도 있었지만, 안 되는 경우가 대부분이었다.

이후 한국백혈병소아암협회에 근무할 때는 더욱 적극적으로 후원 제안 노력을 펼쳤다. 소식지를 만들어 기업이나 복지재단에 보내거나, 사업제안서를 만들어 명함과 함께 보내기도 했다. 물론 이러한 노력으로는 직접적으로 한 번도 성사된 적은 없었다. 단, 기업 담당자가 우리가 보낸 자료를 보고 우리 단체를 인지했을 가능성은 있었을 듯하다. 우편물을 받자마자 쓰레기통에 버리지 않았다면 말이다.

2000년대 중반부터 소아암에 대한 사회적 관심이 높아졌다. 그래서 외부 기업들이 먼저 후원하고 싶다고 전화가 오거나 방문하는 사례가 많았다. 치료비를 후원하거나 헌혈증을 기증하는 방식이다. 개인들이 소아암 환아를 위해 머리카락을 기증하는 경우도 있었다. 이러한 사회적 분위기 속에서 우리가 기업에 대해 제안하는 노력보다는 먼저 제안해 오는 기업들에 대한 응대, 즉 후원이나 자원봉사 프로그램 개발이 더 중요했다.

내가 한국백혈병소아암협회에 근무할 당시 회장은 다선 국회의원이었다. 그래서인지 몇몇 기업들의 후원이 지속되고 있었다. 이후 국회의원이던 회장이 그만두면서 일부 기업 후원도 중단되었다. 기업 재단을 직접 찾아서 설명도 하고 제안도 했지만 소용없었다. 그들에겐 후원을 지속할 이해관계가 없어진 것이었다.

한국사회복지사협회에서는 사회복지 및 사회복지사 관련 정책 업무를 주로 했기에 기업 후원은 어떤 행사나 세미나 등의 후원이 필요할 때 요청했을 뿐 크게 의존적이진 않았다.

한국백혈병소아암협회에서 근무할 때는 기업이 사회공헌을 시작하면서 오히려 먼저 협회에 전화해 후원하고 싶다고 연락을 주거나 찾아오는 경우가 많아서 기업 후원 제안을 응대하기에 바빴다.

이후 기업에서 사회공헌을 하는 입장이 되니 모든 것이 다르게 보였고, 다른 시각으로 다른 입장에서 사회복지를 바라보게 되었다.

사회복지사분들이 보내준 모든 제안은 내 PC에 그대로 잘 저장되어 있다. 그때는 후원이 연결되지 않았더라도 다음에 다시 볼 때는 다른 판단이 생길 수도 있기 때문이다.

나에게 이메일을 보내는 사람들이나 사회복지사들의 마음을 헤아려 보면 하나하나 소중한 후원 프로그램 기획서들이었다. 이러한 나의 경험 속에서 기업 사회공헌 담당자에게 어떻게 제안해야 하는지 여러분들에게 나의 개인적인 소견을 나누고 싶다.

기업 프로그램을 먼저 알고 그들의 취향을 반영해야 한다. 내가 제안하고자 하는 프로그램과 관련성이 있는 기업을 인터넷으로 검색해 본다. 유사한 프로그램이 있는지도 알아보고 어느 기업이 어떤 단체랑 어떻게 하는지도 알아본다. 그러면서 대상 기업을 최소화한다.

다음으로는 해당 기업의 사회공헌 프로그램을 홈페이지, ESG/지속가능 보고서, 인터넷 검색을 통해 알아본다. 내가 제안하려는 프로그램이 해당 기업에 필요한 건지, 혹은 먼저 유사하게 진행된 사례는 없는지 확인해야 한다.

이렇게 프로그램과 대상 기업이 정해지면 기업 담당자를 찾아야 한다.

회사 대표 번호로 전화해서 나는 어느 단체의 누구인데 사회공헌 담당자에게 제안하고 싶다고 하고 전화 연결을 요청한다. 어떤 기업들은 담당자를 찾아서 연결해 주기도 하고, 어떤 기업들은 고객센터에서 접수하고 연결을 안 해주는 경우도 있다.

담당자 연결이 된 경우 소속을 밝히고 제안을 하고 싶은데 방문이나 이메일 등 가능한 방법을 요청한다. 그러면 대부분 이메일 주소를 알려줄 것이다. 조금이라도 관심이 있으면 통화하면서 프로그램에 대해 더 물어보는 경우도 있다. 전화를 끊기 전에 담당자 이름과 직급, 연락처, 이메일을 받아두어야 한다.

이후에는 받은 이메일로 제안을 보내고, 보내고, 또 보내고, 계속 다양한 프로그램을 제안한다. 물론 메일은 단체 메일이 아닌 개인 메일로 보내야 한다. 그러면 그 기업 담당자는 당신의 이름과 당신 기관의 이름을 알게 될 것이다.

여러 번 제안했던 프로그램 중 연결이 될 수도 있고, 기업이 필요에 의해서 먼저 연락이 오는 경우도 생긴다.

한 번에 된다는 생각은 버려라. 열 번 찍어도 안 넘어온다.

다른 한편으로는 외부 사회공헌 세미나에 자주 참석해야 한다. 이것이 기업 사회공헌 동향 파악에도 좋다. 또한, 접수처에 등록된 참석자 명단을 주의 깊게 관찰하려는 노력이 필요하고, 현장에 온 여러 기업 담당자에게 먼저 다가가 명함을 주고 인사를 하는 게 필요하다. 명함을 받은 기업 담당자들에게는 수시로 자주 다양한 제안을 메일로 보내야 한다. 그래야 당신의 존재를 잊지 않을 것이다.

제안은 거창한 자료를 필요로 하지 않는다. 수많은 자료와 메일을 다 일일이 들여다보긴 힘들다. 보통은 거의 그냥 버려지거나 삭제되는 게 대부분일 것이다. 클릭해서 한번 살짝 둘러볼 수 있도록 간단명료하게 작성하면 된다. 기업 담당자가 아이템에 관심이 있으면 다시 연락해서 물어볼 것이다. 그때 전화로 설명하고 필요하다면 미팅 일정을 잡고 준비하면 된다.

맨땅에 헤딩이라고 하는 게 딱 맞다. 알지도 못하는 기업 담당자를 찾아 그들이 관심이 있는지 없는지도 모를 나의 제안서를 전달한다는 게 쉽지 않을 일이다.

전화 응대로 무시당하면 더 비참하기도 하다. 그래도 해야 하지 않겠나? 내가 돈 벌자고 하는 게 아니라 우리는 어려운 이웃을 위해 일하는 것이니 긍지와 자부심을 갖고 포기하지 말고 덤벼야 한다.

어차피 기업들은 후원해야 하고 매년 새로운 프로그램을 찾는다. 새로운 것은 없다. 조금 다를 뿐이다. 열심히 고민하고 적극적으로 제안하면 당신의 진심이 통할 것이다.

09.
후원 제안서,
삭제되지 않고 저장하게 만드는 방법

나는 수시로 외부에서 사회공헌 프로그램 제안을 받는다.

홈페이지 고객의 소리를 통한 제안도 있고, 회사 대표전화로 연결돼서 제안하는 경우도 있고, 어떻게 나를 알게 되었는지는 모르지만 나에게 직접 전화해서 제안하는 경우도 있다.

대체적으로는 메일로 자료를 받아 잠시 훑어본 후 별도 폴더에 저장해 놓는다. 보낸 사람들의 마음과 정성도 있기에 그냥 버리진 못하고 항상 매년 외부 제안 폴더를 만들어 저장해 놓고, 매년 초 신규 사업 기획할 때 다시 한번 천천히 제안 내용들을 살펴보곤 한다.

문제는 지금까지 15년 동안 수백 건의 외부 제안 프로그램들을 받아 봤지만 단, 한 번도 "와우! 좋은 프로그램인데, 한번 해봐야겠다"라고 생각된 것 하나도 없었다. 제안자의 문제인지 나의 문제인지는 모르겠지만, 대체로 내가 알고 있는 내용들이고, 우리 회사 방향성과는 맞지 않았다.

두리뭉실한 제안도 있었고, 구체적인 프로그램의 경우에도 호감이 가진 않았다. 처음 받아 잠시 읽어 보고 저장했던 그 느낌은 나중에 다시 자세히 훑어볼 때도 같았다. 처음 관심이 가지 않는 프로그램은 여전히 관심이 가지 않는다.

무엇의 문제일까? 수백 건의 제안 중 하나도 건질 것이 없다는 것은 무언가 다름이 존재하고 있기 때문일 것이다.

비영리 현장에서 우리는 프로그램을 만들 때 우리에게 필요하고 하고 싶은 프로그램을 만든다. 그리고 후원받기 위해 여러 기업 사회 공헌 팀이나 기업복지재단에 이메일이나 우편으로 제안서를 보내곤 한다. 또한 모금회나 기업 프로그램 공모전을 통해 제안하기도 한다.

기업에서 일하는 내 입장에서 생각이 바뀐 것은 그렇게 하나의 제안서를 가지고 그냥 여기저기 보내면 누군가 관심을 가질 거라는 막연한 기대를 해서는 안 된다는 것이다.

내가 프로그램을 기획했고 그 프로그램을 위한 후원이 필요하다면, 어느 기업이 지금 내가 만든 프로그램과 어울리고 관심을 가질 수 있을지 생각해 봐야 한다. 인터넷으로 유사한 프로그램을 검색해 본다든지, 내가 알고 있는 몇몇 기업들의 홈페이지에 나오는 사회공헌 소식이나 ESG 보고서 또는 지속가능보고서를 찾아보고 유사한 프로그램이 있는지, 아니면 유사한 방향성을 가졌는지 찾아야 한다.

그리고 어느 정도 내가 생각하기에 조금이라도 관련성이 있다고 판단된다면 그 하나의 기업을 위한 제안서를 만들어야 한다.
그리고 내가 제안하는 프로그램이 당신 기업의 어느 방향성에 맞는 것이고 이 프로그램을 후원할 경우 어떤 절차를 거쳐서 진행되며 이를 통해 당신 기업의 어느 측면에 사회적 성과를 나타낼 것이라는 분석적 제안이 있어야 할 것이다.

이러한 이유는 제안 프로그램에 대한 기업 담당자의 선택 기회를 높이기 위해서다. 일반적인 제안서는 그냥 대충 제목만 보고 내용을 훑어보고 버린다.

하지만 우리 회사와 관련된 코멘트나 내용들이 있는 경우는 좀 더 자세히 보게 된다. 물론 이 사람이 우리 회사를 잘 이해하고 있는지, 그냥 대충 썼는지는 보면 알 수 있지만, 무엇보다도 이 프로그램과 우리 회사가 연결 고리를 가졌는지가 중요하다. 그 연결 고리가 논리적이고 합리적일 수도 있고 반대로 미흡할 수도 있겠지만, 기업 담당자가 제안서를 받자마자 먼저 해야 할 고민을 제안서에 미리 담아 놓았다는 것이 포인트이다.

당신에겐 정말 필요한 프로그램이지만 남들은 관심이 없다. 그럼 어떻게 관심을 갖게 만들 것인가? 모두가 다 관심을 가질 수 없다. 관심을 가질 만한 기업을 먼저 찾고 그 기업에 맞게 각색해야 한다는 것이다.

물론 기업의 대표 전화번호를 통해 연결을 해서라도 기업 사회공헌 담당자와 통화하여 기업의 방향성이나 원하는 분야를 잠시 물어볼 수 있는 기회를 얻는다면 더욱 효과적일 것이다.

이런 과정에서 비영리단체 담당자는 기업에 대한 이해가 점점 넓어질 것이고 향후 제안하는 데 더 전문성이 높아질 것이다.

제안만으로 기업과 연결되기는 쉽지 않다. 하지만 기업 담당자는 그런 제안을 해온 단체에 대해서는 기억할 것이고 본인들이 원하는 유사한 프로그램이 있을 때 다시 한번 그 메일을 찾아보고 그 담당자에게 전화해서 물어볼 것이다. 당신이 예전에 나에게 이런 메일을 보냈었는데 우리가 이번에 이와 유사한 프로그램을 하고 싶은데 혹시 제안해 줄 수 있는지 물어볼 수도 있다.

  기업 사회공헌 프로그램 제안서를 작성할 때는 공동모금회 제안서 만들듯이 많이 쓰지 말고 간략히 써야 한다. 추상적이지 않도록 구체적이고 명확하게 핵심만 말해야 한다. 예산도 구체적으로 써야 한다.
  그래도 요즘은 대부분 제안서가 파워포인트로 제작되어 있는 경우가 많다. 단체 소개, 사회적 문제점, 프로그램 개요, 기업과의 협력 방안, 예산 등 어느 정도 틀을 갖춘 경우도 많다.

  하지만 어떤 경우는 단체 소개와 프로그램 개요만 있거나, 설명이 너무 많아 쉽게 이해하기 어려운 경우도 있다. 또한 너무 간략해서 내용이 부족한 경우도 있다.

  제안 프로그램은 더 현실적이어야 한다. 쓰는 사람 입장이 아니고 받는 사람 입장에서 이해할 수 있어야 한다.

  프로그램에 대한 소개가 좀 더 구체적이고 체계적으로 설명되어야 하고, 회사의 참여 방법에 대해서도 명확해야 한다. 단순 후원이라면 얼마를 후원하면 몇 명에게 얼마씩 지원이 되는지, 아니면 후원금에 따라 프로그램이 몇 회 동안 어떻게 진행되는지 명확하게 작성해야 한다.

  자원봉사 참여라면 언제, 어떻게, 몇 번, 몇 시간, 몇 명이 참여하는 것인지에 대해 구체적으로 명시해야 한다. 그래야 제안 프로그램을 이해하기 쉽고 얼마나, 어떻게 후원해야 하는지도 알 수 있고 봉사단 운영을 어떻게 해야 하는지도 그림이 나오기 때문이다.

그렇게 사회공헌 담당자가 관심을 가지고 이해한 내용을 내부적으로 검토한 후 상사에게 보고해야 어느 정도 진행의 가능성이 생긴다. 이 과정 후 제안을 해준 비영리 담당자에게 다시 전화해서 미팅이나 구체적인 제안을 요청하게 된다.

보통 제안서를 보면 기관 소식지 소개, 홈페이지 소개, 회원 안내 등을 통해 기업 홍보 효과를 높인다고 나온다. 그러나 기업들은 그것에 관심이 없다. 내세우지 마라.

기업에서 생각하는 홍보 효과라는 것은 지면이나 인터넷 등 언론에 노출되는 것이다. 근데 비영리단체에서 제안 프로그램을 해서 언론에 노출할 수 있을까? 대기업 홍보팀에서도 언론에 홍보하기 어려운데 비영리단체에서 언론사에 보도자료를 배포한다고 지면이나 인터넷 기사로 나올 수 있을까?

홍보는 후원해 준 기업이 필요하다면 하면 된다. 후원금 전달식이든, 프로그램 성과를 가지고 하든 기업에서 하면 된다. 아니 기업에서 해야 한다.

후원금을 준다고 홍보 효과까지 요구하는 것은 무리한 것이다. 기업들은 돈을 주고 광고나 기획 홍보 기사를 써서 홍보한다. 그런데 비영리단체에서 프로그램 운영비로 언론사에 돈 주고 홍보할 수 있을까? 못한다. 아니 그렇게 해서는 안된다. 그건 기업의 몫이다.

10.
기업 봉사단,
이렇게 만들면 된다

  기업에서 사회공헌 담당자의 중요한 업무 중 하나가 자원봉사단을 조직하고 운영하는 일이다.

  사회복지 분야 또는 자원봉사에 대한 경험과 지식이 없는 경우 정말 난감한 업무이고, 학창 시절 의무 봉사활동에 참여하는 게 대부분인 경험만 가지고는 접근하기 어려운 일이다.

  기업에서 자원봉사단을 새로 조직하거나 운영해야 하는 분들에게, 그리고 사회복지 현장에서 기업 자원봉사단을 관리해야 하는 사회복지사분들에게 나의 10여 년간 사회복지 경험과 15년간 담당해 온 기업 자원봉사단 운영의 경험을 이야기하고자 한다.

  자원봉사에 대한 이해를 시작으로 자원봉사단 조직하기, 자원봉사 프로그램 개발, 자원봉사 실적관리, 자원봉사 활성화 방안에 대해 함께 생각해 보자.

자원봉사의 이해 *출처 ; 사회복지자원봉사인증관리(www.vms.or.kr)

'자원봉사(Voluntarism)'란 어떤 일을 대가 없이 자발적으로 참여하여 돕거나 그러한 활동을 하는 것을 말하며, '자발, 자주, 자유의지'라는 뜻의 라틴어 '볼런타스(Voluntas)'에서 유래되었다고 한다. 이러한 자원봉사활동(Voluntary Service)을 실천하는 사람을 '자원봉사자(Volunteer)'라고 한다. 어원상 의미에서 알 수 있듯이 우리가 자원봉사에 임할 때 '대가 없이 자발적으로 참여'하는 활동임을 명심해야 한다.

자원봉사는 기본적으로 4가지 특징을 가지고 있다.

첫 번째, 자신의 의사로서 시간과 재능, 경험을 도움이 필요한 이웃과 지역 사회 공동체 형성에 아무런 대가 없이 활동하는 자발성.

두 번째, 자원봉사활동에 참여하게 되면 일정 기간 지속적으로, 그리고 정기적으로 봉사활동에 참여하는 지속성.

세 번째, 이웃과 지역 사회 내에 산재해 있는 각종 문제의 해결을 통해 삶의 질을 향상하기 위하여 활동하는 사회복지성.

네 번째, 자원봉사활동에 대해 금전적 대가를 바라지 않는 무보수성이 그것이다.

기업 자원봉사단을 운영하다 보면 무엇보다 제일 중요한 것이 자발적이고 지속적인 참여이다. 일회성 또는 이벤트성 봉사도 진행되지만, 연중 지속되는 프로그램의 경우 열심히 자발적이고 지속적으로 참여하고 있는 직원들이 주도적으로 해당 봉사 프로그램을 이끌어가게 된다.

이러한 자원봉사활동은 대표적으로 3가지 긍정적 효과를 나타낸다. 먼저, 자신의 존재가치와 긍지를 확인함으로써 '삶의 보람'을 얻게 되는 하나의 영역이 자원봉사활동이다. 또한 자원봉사를 통하여 개인은 자신이 가진 능력과 재능을 활용할 뿐만 아니라 이를 향상할 수 있으며, 봉사활동 과정에서 인격 성숙을 도모하고 자신을 재발견하며, 나아가 여러 가지 유용한 생활 및 사회적 기술을 습득하는 '자기 성장'의 계기가 마련된다. 그리고 마지막으로 자원봉사활동은 이웃과의 관계로부터 출발하므로, 이웃과 만나는 과정과 대화를 통하여 개인은 자신이 살고 있는 지역의 모습과 지역의 문제 등을 접하게 되며, 이를 통해 지역 사회를 차츰 구체적으로 이해하게 될 뿐만 아니라 나아가 지역 주민과의 공동체 형성을 통해 지역 사회의 각종 문제에 직접 참여, 문제 해결에 기여하기도 한다.

개인적인 봉사활동을 통한 효과도 있겠지만, 본인이 일하는 회사에서 제공하는 자원봉사활동에 참여하는 경우 봉사활동의 만족감을 시작으로 사회인으로서 개인의 삶의 보람을 느끼게 되며, 이를 통해 회사에 대한 긍정적 이미지와 충성도도 높아지게 된다. 따라서 회사 차원의 자원봉사단 조직은 대내외적으로 여러 가지 의미로 쓰이게 되며, ESG 시대에 꼭 필요한 회사 경영 전략의 하나가 될 것이다.

자원봉사단 조직하기

그러면 앞에서 설명한 자원봉사에 대한 기본적인 이해를 바탕으로 지금부터 우리가 다니는 회사에 자원봉사 조직을 구성하는데 무엇을 어떻게 해 나가야 하는지 하나하나 살펴보도록 하자.

첫 번째, 자원봉사단 명칭을 정해야 한다. 보통은 회사 이름 뒤에 봉사단 또는 사회봉사단이란 명칭을 넣어 '에쓰오일 사회봉사단', '삼성사회봉사단', 'LG사회봉사단' 등의 명칭이 사용되고 있다. 본인 회사의 로고를 맨 앞에 두고 기업의 명칭, 그리고 뒤에 사회봉사단을 넣어 이름을 만들면 된다. 봉사단 성격에 따라 가족봉사단, 대학생봉사단 등 다양한 형태의 명칭을 만들어 사용할 수도 있다.

두 번째, 봉사단 조끼를 만들어야 한다. 대체로 앞쪽 왼쪽에 명칭을 넣고 조끼 뒷면에 봉사단 명칭을 넣어 제작하는 것이 일반적이다. 회사 로고나 이미지에 따라 조끼 색상도 고려해야 한다. 그리고 하나를 제작하여 연중 사용하는 경우도 있고, 여름용으로 통풍이 잘되는 가벼운 재질의 조끼를 추가로 제작해서 사용하는 경우도 있다.

세 번째, 조직 구성을 정해야 한다. 회사 기본 조직도를 바탕으로 본사, 지사, 공장으로 구분하는 경우도 있고, 그룹사나 영업조직을 별도로 구분하는 경우도 있다. 또한 봉사 프로그램이나 성격에 따라 봉사단 조직을 구분하는 경우도 있다. 회사별로 본인의 상황에 맞게 조직도를 그려보면 된다. 먼저 경영 조직을 기반으로 하는 봉사단 조직이 일반적일 것이며, 추후 다양한 봉사 프로그램들이 개발되어 운영될 때는 봉사 프로그램이나 성격에 따라 조직을 추가로 구성하는 것도 의미가 있을 것이다.

네 번째, 협력기관을 선정해야 한다. 자원봉사는 직원뿐만 아니라 고객도 참여하게 되고, 회사가 주관하여 지역 사회 내에서 다양한 사회복지 기관들과 함께 활동하게 된다. 이러한 일련의 활동을 수행하기 위해서는 회사가 활동하고자 하는 지역 사회 내 대표적인 사회복지기관과 파트너십을 체결하고 진행하는 것이 더 전문적이고 효과적으로 자원봉사단을 운영하는 방법이다. 파트너 단체는 자원봉사활동을 주관하는 개별 복지기관일 수도 있고, 자원봉사활동을 조정 연계해 주는 단체일 수도 있다.

이러한 파트너십을 통해 기업은 협약식 홍보 효과를 얻을 수 있고, 파트너 단체를 통해 프로그램 개발 및 복지기관 연계의 네트워크를 갖게 되며, 여러 봉사기관에 각각 지급해야 하는 후원금 행정 업무를 파트너 단체에 지정기탁을 함으로써 담당자의 행정 부담을 간소화할 수 있으며, 파트너 단체와 공동명의로 우수 봉사자나 부서에 대한 시상을 통해 격려할 수 있고, 파트너 단체 주관으로 직원 봉사자들에 대한 교육이나 워크숍 개최를 통해 직원 자원봉사의 전문성을 높일 기회를 마련할 수 있다.

기업 사회공헌 담당자는 파트너 단체와 협력하여 자원봉사 프로그램을 개발하고, 직원들을 모집하여 복지기관에 배치한다. 그리고 직원 봉사활동의 수행을 위해 필요에 따라 후원도 해야 하며 직원들이 봉사활동에 성실히 참여할 수 있도록 관리해야 한다.

사회복지사는 기업 담당자가 자원봉사 프로그램을 개발할 수 있도록 지원해 주어야 한다. 개별 기관에 자원봉사자들이 적절히 배치될 수 있도록 각 기관과 협력해야 하며, 개별 기관에서 직원들이 봉사활동을 시작하기 전에 기본적인 자원봉사 교육이 이루어질 수 있도록 해야 한다. 봉사활동이 끝나면 봉사실적을 등록해 주거나 자원봉사 확인서를 발급해 주고, 기업 후원금을 사전에 협의한 대로 적절히 집행하고 기부금 영수증을 발급해 주어야 한다.

자원봉사 프로그램 개발

다음으로 자원봉사 프로그램을 어떻게 개발해야 하는지 실제 경험했던 사례를 중심으로 살펴보도록 하자. 자원봉사 프로그램을 기획하는 데 있어 가정 먼저 다음과 같이 육하원칙에 따른 우리 회사의 상황을 먼저 파악해야 한다.

첫째, '자원봉사에 참여하는 사람이 누구인가?'이다. 직원만 참여하는지, 고객도 참여하는지, 임원만 참여하는 건지, 직원 가족들도 참여하는지 등 참여자에 따라 프로그램을 찾아야 하기 때문에 누가 참여 대상이 명확해야 한다. 직원봉사단, 고객봉사단, 임원봉사단, 가족봉사단, 대학생 봉사단 등 참여 대상에 따라 다양한 성격의 봉사단이 조직되고 이에 따라 적절한 자원봉사 프로그램을 기획해야 하기 때문이다.

둘째, '언제 자원봉사를 할 것인가?'이다. 평일인지 주말인지와 몇 시부터 몇 시까지 얼마 동안 할 것인지를 사전에 정해야 한다. 자원봉사 프로그램에 따라서 자원봉사 참여 시간이 다양하며, 또한 기관 상황에 따라 주말에 운영하지 않는 경우도 있기 때문이다. 언론 홍보를 고려하면 평일 오전에 자원봉사 행사를 기획해야 하고, 주말 봉사는 보통 토요일 오전에 진행하는 경우가 많다. 특히, 주 52시간 근무제 시행에 따라 주말 자원봉사가 근무시간으로 인정되어야 하는 경우는 평일 근무시간 내 봉사를 진행해야 한다.

셋째, '어디에서 자원봉사를 할 것인가?'이다. 지역 사회복지관, 지역 아동센터, 생활시설 등 원하는 대상자 또는 장소에 대한 기본 개념을 가지고 있어야 한다. 이동시간이 길 경우 진행에 어려움이 있어 회사 인근 복지기관을 선호하며, 복지기관에서 수용할 수 있는 인원이 제한되기도 하므로 어디에서 할 것인지가 봉사자 모집과도 연결된다.

넷째, '무엇을 하고 싶은가?'이다. 급식봉사, 학습지도, 나들이 봉사, 캠프 등 다양한 프로그램들이 있기에 하고 싶은 봉사 스타일을 고려해야 한다. 하고 싶은 자원봉사 프로그램을 선정하고 이를 시행하고 있는 복지기관을 찾아 참여할 수도 있고, 반대로 봉사활동을 할 복지기관을 먼저 선정하고 해당 복지기관의 자원봉사 프로그램 중 선택해서 참여할 수도 있다.

다섯째, '어떻게 하고 싶은가?'이다. 단순히 참여해서 노력봉사를 하고자 하는 건지, 기획부터 실행까지 일련의 프로그램을 만들어 같이 하고 싶어 하는 건지 정해야 한다. 특별히 기획한 봉사 프로그램은 처음부터 끝까지 기업 담당자가 복지기관 담당자와 함께 진행해야 하며, 일반적인 복지기관에서 시행하고 있는 봉사 프로그램에 참여할 경우 인원만 모집해서 배치하면 된다.

여섯째, '왜 하는가?'이다. 즉, 목적을 명확히 해야 한다. 일회성 팀 봉사나 부서 단위 봉사인지, 기부금 전달식을 하기 위한 봉사활동 인지, 고객 참여를 목적으로 하는 건지 등 그 취지를 명확히 해야 한다. 후원금 전달과 연계한 봉사의 경우 오전에 진행해서 언론에 홍보해야 하므로 시간이 고려되어야 하고, 일회성 봉사의 경우 상호 부담 없이 진행될 수 있는 봉사 프로그램으로 준비해야 한다. 특히, 고객 참여 봉사의 경우 직원 참여 봉사보다 더 많은 신경을 써야 하기 때문이다.

이렇게 육하원칙에 대비하여 자원봉사 기획 방향을 세워 두어야, 세부적인 봉사기관 섭외나 봉사 프로그램 협의를 더욱 효율적으로 진행할 수 있다. 또한 이러한 정보를 공유하면 복지기관 사회복지사가 우리 회사의 상황을 충분히 이해할 수 있고 그에 적절한 봉사 프로그램을 제안할 수 있기 때문이다.

그러면 지금부터 구체적으로 어떻게 자원봉사 프로그램을 기획하고, 직원들을 모집하고, 시행해 나가는지 일련의 과정에 대해 실제 진행하고 있는 사례를 소개하고자 한다.

먼저 기획 단계이다. 자원봉사를 하고자 하는 지역 구청 홈페이지 또는 인터넷 검색을 통해 어떤 복지기관들이 있는지 확인해 본다. 그리고 원하는 지역에서 원하는 기관을 찾아 해당 기관 홈페이지를 좀 더 자세히 살펴본다. 복지기관의 자원봉사 프로그램을 중심으로 살펴본다. 일반적으로 홈페이지에는 자원봉사 담당자 이름이나 연락처가 명시되어 있다. 앞서 설명한 육하원칙을 가지고 해당 복지기관 담당자와 유선으로 통화해서 자원봉사 가능 여부를 확인해 본다. 가능하면 여러 복지기관과 통화해서 가능한 곳들을 비교하고 확인해야 한다. 그 후에는 복지기관 자원봉사 담당자와 일정을 잡고 직접 복지기관을 찾아가 세부적인 협의를 진행한다. 물론 기관 소개도 함께 요청하면 시설을 전체 둘러볼 수 있는 기회도 가질 수 있다. 이렇게 내가 직접 찾아가 봄으로써 복지기관의 위치, 담당자, 기관 상황, 프로그램에 대한 세부 정보 등을 얻을 수 있을 것이다.

다음으로 모집 단계이다. 앞서 내가 찾아보고 직접 방문해서 알아본 자원봉사 프로그램들의 리스트를 작성해서 사내 공지를 통해 직원들을 모집한다. 사내 홈페이지에 세부 내용을 게시해서 직원들이 해당 내용을 숙지하고 신청할 수 있도록 해야 한다. 이메일로 접수하고 추후 프로그램별 참가자 명단을 일괄 공유할 수도 있고, 참여 독려를 위하여 모집 단계에서 공지된 프로그램별 참여자가 있을 경우 이름을 게시하여 누가 참여를 신청했는지 볼 수 있도록 하는 방법도 있다(접수시 개인정보활용 동의는 필수이다). 신청한 직원들에겐 더 세부적인 정보(복지기관 담당자 연락처 등)를 제공하고 준비사항, 첫 봉사 일정 및 시간을 안내한다. 그리고 사전에 협의된 사항을 고려하여 후원금을 집행한다. 자원봉사 프로그램에도 소요경비가 필요하므로 기업 자원봉사 진행 시에는 가능하면 후원금 지급이 연계될 수 있도록 해야 한다. 그리고 사내에서 진행되는 일련의 과정들은 복지기관 담당자와도 진행사항을 공유하는 게 효율적이다.

 마지막으로 시행 단계이다. 정해진 날짜에 직원들이 모두 참여할 수 있도록 하며, 현장에서 회사 봉사단 복장을 착용토록 하고, 기관 오리엔테이션과 자원봉사자 기초 교육을 진행한다. 이후 자원봉사 프로그램을 진행하고 종료 후에는 현장에서 간략히 참가자 평가 시간을 갖는 것이 좋다. 여기서 나온 의견은 추후 프로그램 진행 시 반영해야 한다. 복지기관에서는 봉사활동 종료 후 자원봉사 실적을 관련 사이트에 등록하거나 자원봉사 확인서를 발급해 준다. 직원들은 사내 절차에 따라 봉사활동 결과 보고를 진행한다. 기업 자원봉사 담당자는 가능하면 시행 단계에서 현장에 참석해서 함께 진행을 보조하고 직원들이 적극적으로 봉사 프로그램에 참여할 수 있도록 지지하고 독려해 주어야 한다. 시행 과정에서 프로그램의 시간에 따라 중식이 필요한 경우도 있어 이런 경우 프로그램 기획 단계에서 후원금을 지원하고 봉사자 중식이 해결될 수 있도록 해야 한다. 현장에서 예상치 못한 상황에서 발생하는 일회성 중식은 별도의 회사 비용으로 처리해야 한다. 가능하면 사전에 기업 담당자와 복지기관 담당자가 협의해야 한다.

자원봉사 실적관리

자원봉사 실적관리는 크게 외부 사회복지자원봉사인증관리를 활용하는 방법과 사내 전산 시스템을 통한 관리 두 가지로 구분할 수 있다.

외부 자원봉사 실적관리는 사회복지자원봉사인증관리(VMS, Volunteer Management System)를 통한 실적 관리가 있다. 여기에는 전국의 15,270여 개 복지기관이 인증센터로 지정되어 있어 해당 복지기관에서 자원봉사를 할 경우 각 복지기관에서 봉사실적을 해당 시스템에 등록하여 관리하고 있다. 각 자원봉사 인증센터에서 자원봉사자 모집 및 배치, 자원봉사 실적을 등록해 주고 있으며 전국에서 약 39만 명(2022년 기준)이 봉사활동에 참여하고 있다. 사회복지자원봉사인증관리 시스템 주소는 vms.or.kr이다.

직원 자원봉사 실적관리를 위한 사내 전자 결재 시스템을 이용하는 경우 봉사활동 계획과 결과 보고를 하나로 할 수 있는 결재 시스템을 만들고, 봉사자 직원 본인 결재로 라인을 만들며, 활동 증빙을 위한 자원봉사 확인서를 첨부하도록 해야 한다. 최종 결재자는 사회공헌 담당자가 되어야 한다. 봉사자 직원 이름, 사번, 부서명, 봉사 기관명, 봉사기관 담당자 이름 및 연락처, 봉사 시간을 작성할 수 있도록 항목을 만들어 주면 된다. 이러한 결재 시스템의 정보를 인사 정보와 연계시켜 놓으면 직원들도 인사시스템을 통해 본인들의 자원봉사 세부 실적을 확인할 수 있고 인사 담당자도 해당 통계를 이용하여 필요에 따라 인사 가점 부여에 활용할 수 있게 된다. 또한 사내 결재 시스템이 마련되어 있으면 기업 사회공헌 또는 자원봉사 담당자가 임직원 봉사실적 통계를 손쉽게 관리할 수 있다.

　외부 인증센터를 이용할 경우 자원봉사 실적 공인화로 외부 자원봉사 포상 추천이 가능하며, 직원/가족/고객/자녀 참가자 모두의 실적 등록이 가능하다. 그러나 개인정보보호로 인해 회사 직원들에 대한 별도 데이터 관리가 어려운 단점이 있다. 반면 사내 전산 시스템을 이용할 경우 회사 결재 시스템과 인사 시스템 연동으로 실적 관리가 용이하나, 외부 포상 추천 시 자원봉사 실적 공적 증빙이 어려우며 직원 자녀 및 가족 봉사자 실적 관리가 안 된다. 따라서 사내 전산 시스템을 이용할 경우에도 외부 인증센터를 통한 봉사실적 등록 관리가 병행되어야 한다. 사회복지자원봉사인증관리(VMS)를 통해 실적관리를 하기 위해서는 직원들은 해당 사이트에 개별적으로 회원 가입을 해두어야 한다.

자원봉사 활성화 방안

　지금까지 우리는 기업 자원봉사단을 조직하고 운영하는 방법에 대해 알아보고 있다. 사회공헌 담당자가 아무리 열심히 조직화하고 프로그램을 잘 만들어도 직원들의 참여가 없으면 무용지물이 되고 만다. 그럼 어떻게 직원들이 자원봉사활동에 적극적으로 참여할 수 있도록 할 수 있는지, 그 방법을 고민해 보아야 한다.

일반적으로 많은 기업들이 직원 봉사 참여 활성화를 위하여 여러 제도를 만들어서 시행해 오고 있다. 자발성을 바탕으로 평일 업무시간 봉사 인정과 봉사실적의 인사 평가 시 가점 부여, 우수 봉사자 내·외부 포상, 봉사자 교육, 자원봉사 마일리지 제도 시행, 연간 의무 봉사시간 적용, 봉사시간 교육시간 대체 인정 등 외에 간사 활동비 지원, 명절 선물 지원 등 기업마다 상황에 따라 다양한 제도들이 시행되고 있다.

우리 회사의 경우 인사 평가 시 가점 부여, 우수 봉사자 사내 표창, 본사 정기봉사 프로그램 간사 및 지사, 공장 부서별 담당자 워크숍 진행, 전년 실적 대비 자원봉사 마일리지 기부, 간사 명절 선물 지원, 우수봉사 부서 명패 제작을 진행했었다.

특히, 주 52시간 시행에 따라 기존 주말 봉사활동이 평일 봉사로 많이 전환되고 있으며, 인사 가점 부여는 승진을 앞둔 직원들의 봉사 참여를 높이는 효과적인 수단으로 활용되고 있다. 또한 우수 봉사자에 대한 사내 표창과 외부 포상 추천은 직원들의 자긍심을 높일 기회가 될 것이다. 외부 포상 추천을 위해서는 봉사기관 또는 파트너 단체의 추천이 있어야 하므로 지속적인 협력관계가 유지되어야 한다. 자원봉사는 물론 후원이 함께 진행되어야 할 것이다. 그렇다고 외부 표창을 목적으로 봉사활동에 참여하거나 복지기관에 추천을 요구해서는 안 될 것이다. 진정성 있고 지속적인 자원봉사활동을 통해 기관의 감사와 표창 추천의 기회를 받을 수 있도록 해야 할 것이다.

이러한 자원봉사 조직화 및 활성화 제도 시행을 통해 직원들의 자원봉사 참여를 유도하고, 프로그램의 다양화로 직원 가족 참여 봉사 프로그램을 개발하여 직원 만족도를 높이고, 이러한 일련의 프로그램에 고객 및 고객 가족도 참여할 수 있도록 기회를 제공하고 이를 더 확대하여 지역 사회 주민들도 동참할 수 있는 프로그램을 만들어 간다면 우리 회사는 지역 사회와 함께하는 좋은 기업으로서의 이미지를 유지해 나갈 수 있을 것이다.

또한 이해관계자의 참여를 통해 회사의 ESG 경영 전략에도 긍정적인 영향을 미칠 것이다.

우리는 자원봉사활동을 통해 직원들의 회사에 대한 충성도 향상, 자아실현, 자존감 향상에 기여하고, 직원들에게 사회 문제에 대한 관심과 이해를 증진시키고 이러한 노력을 통한 회사의 사회적 책임을 이행하게 되는 것이다. 물론 홍보를 통한 기업 이미지 향상에도 기여할 것이다.

11.
기업 사회공헌의 핵심은 기획이다

언제 부터인가 기업 사회공헌 평가란 말이 돌기 시작했다.

사회적 가치 측정, 성과측정, 평가 등 기업 사회공헌에서 회자 되기 시작했다. 사회공헌 중에서도 사회적기업 지원 사업을 주로 하는 기업에서 투자 개념의 접근을 하다보니 사회적 기업 경영의 성과 측정과 평가를 정량적으로 나타내고 이를 성과로 홍보해 왔기 때문이다.

특히, 모 기업에서는 사회적 가치 평가를 통해 기업의 사회공헌 관련 활동들에 대해 사회적 가치 실현 성과를 정량적으로 산출하여 홍보해오고 있다.

앞서 이야기들은 대부분 대기업의 이야기이다. 기업 사회공헌을 수년째 이어오고 수십억에서 수백억을 집행해 오면서 비용에 대한 효율성이나 성과에 대해 이야기 하지 않을 수 없는 것이 현실일 것이다.

그러다 보니 정량적 성과를 중요시 하는 기업 생태계에서 기업 사회공헌 분야에 대한 사회적 가치나 성과를 측정하고 평가하려는 기업들이 생기고 있다.

그러나 기업 사회공헌 관련 공인된 평가 기준은 없다. 기업마다 컨설팅 업체를 통해 만들어진 평가 기준이나 자체로 기획한 측정 방법들을 통해 정량화하고 그 결과를 홍보하고 있을 뿐이다.

이렇게 기업 사회공헌에 대한 성과 측정이나 평가는 논의되고 있지만, 정작 사회공헌 프로그램 기획에 대해서는 이야기 하지 못한다.

성과를 측정하고 평가하기 위해서는 프로그램을 기획해야 한다. 기업의 상황과 사회적 이슈 등을 고려하여 다양한 프로그램을 기획해서 만들어 내야 한다.

아마 대부분의 기업 사회공헌 담당자들에게 가장 어려운 과제일 것이고 지금도 수많은 기업 담당자들이 프로그램 기획에 머리를 싸메고 있을 것이다.

거의 대부분의 기업 담당자들은 상사로부터 남들이 하는 것 말고 우리 회사만의 것을 만들라는 지시를 받고 있을 것이다.

매우 쉽지 않은 일이다. 기업 사회공헌 초창기에나 컨설팅 업체들을 통해 프로그램을 만들어서 시행할 수 있었지만, 지금은 수많은 기업에서 수백가지의 프로그램들이 진행되고 있기 때문에 독창적이고 차별화된 프로그램을 기획하는 것은 쉽지 않은 일이다.

그러다 보니 프로그램 기획 보다는 진행된 프로그램을 평가툴이나 기준들을 만들어 정량화 하는 분야에 집중하고 있는 것이다.
지역사회공헌인정제에서도 사회공헌 성과 측정, 영향 평가 항목을 제시하고 있다. "외부 평가기관과 협력하여 사회적 가치 성과를 측정한다", 그리고 "외부 평가기관과 협력하여 사회적 가치 영향을 평가한다"

기업 사회공헌과 관련해서는 공인된 평가 기관이 없는 상태에서 위와 같이 평가기준을 제시하는 것은 적절하지 않다고 생각된다. 결국 외부 컨설팅 업체에 돈을 주고 성과를 측정하고 평가하라는 말이다.

기업 사회공헌의 핵심을 기획이다.

기업 사회공헌 담당자는 자신의 기업의 내외부 상황을 고려하여 자신들에게 맞는 사회공헌 프로그램을 기획해야 한다. 남들이 안하는 새로운 프로그램을 기획해 내는 것이 사회공헌 담당자의 제일 중요한 업무일 것이다.

전략적 사회공헌, 공유가치 창출(CSV, Creating Shared Value), 공익연계마케팅(CRM, Cause-related Marketing) 등 다양한 표현들이 있지만 하나의 방향성을 이야기하는 것일 뿐 중요한 것은 프로그램 기획이다.

NGO단체들을 통한 외부 제안서는 내용의 한계가 있다. 상황이 다르고 시각이 다르다 보니 외부 제안서 만으로 우리 회사의 프로그램을 기획하는 것은 어려운 일이다.

기업 사회공헌 담당자는 어떤 프로그램을, 어떻게 시행하고 누구와 같이 할 것인지 그리고 언제 시행 할 것인지를 고민하고 만들어 내야 한다. 그 과정에서 상사로부터 "왜?"라는 질문을 받게 될 것이고 그에 대한 대답을 하지 못한다면 아직 준비가 덜 된 것이라 생각해야 한다.

회사 CEO가 참여해서 협약도 하고 매년 홍보도 잘 되는 사회공헌 프로그램을 사회적 가치나 성과 평가를 통해 낮은 점수를 줄 수는 없는 것이다.

어쩌면 프로그램을 그만두고 싶을 때 명목상 쉽게 이유를 만들 수 있는 것이 평가일 것이며, 현실적으로도 그렇게 활용되고 있다.

기업 사회공헌 잘하는 방법은 기획을 잘해야 한다.

12.
기업 사회공헌 담당자가 되는 법

사회복지학을 전공하고 졸업하면 어느 분야에 취업을 할까?

자기가 원하는 분야를 생각하고 있는 사람도 있고, 실습이란 경험을 통해서 진로분야를 결정하는 경우도 있을 것이고, 주변 지인을 통한 정보나 추천을 통해 진로 분야를 결정하는 경우도 있을 것이다. 물론, 사회복지분야로 취업하지 않는 경우도 많을 것이다.

아동청소년 분야로는 지역아동센터, 아동양육시설, 그룹홈, 청소년 쉼터 등이 있으며, 노인분야로는 노인복지관, 노인요양시설, 노인보호전문기관 등이 있을 것이다.

장애인 분야로는 장애인복지관, 장애인 거주시설, 직업재활시설 등이 있으며, 그 외에도 한부모가족복지시설, 노숙인 시설, 건강가정지원센터, 지역자활센터 등이 있을 것이다.

전국 규모 복지단체로 고려하면 사회복지공동모금회, 월드비전, 초록우산 어린이재단, 굿네이버스, 기아대책, 세이브더칠드런 등이 있을 것이며, 그 외 글로벌 NGO 또는 특정 분야별 단체들도 있을 것이다.

한국가이드스타의 표준소식 공시대상 공익법인(자산 5억 이상, 수

입 3억 이상) 조사에 따르면 2022년 기준 공익법인수는 11,521개이며, 종사자 수는 959,713명으로 조사된 바 있다.

여기에는 사회복지법인 뿐만아니라 사단법인, 학교법인, 재단법인 등이 모두 포함되어 있다.

1947년 국내 최초로 이화여자대학교에 사회복지학과가 설립된 이래 현재는 전국에 약 350여개 대학, 대학교, 대학원에 사회복지학 전공이 개설되어 있으며, 연간 9만여명이 신규로 사회복지사 자격증을 발급받고 있다.

이렇게 연간 수만명의 신규 사회복지사들이 배출되고 있는 상황에서 기존 사회복지 시설 뿐만 아니라 전국 규모의 NGO단체, 각종 비영리 단체로 취업하고 있다.

매년 매출되는 사회복지사들을 현장에서 받아들이기 위해서는 다양한 취업 분야가 만들어져야 하고 새롭게 개척되어야 하며, 그중 한 분야가 기업 사회공헌 일 것이다.

초창기에는 기업 일반 직원들이 관련 업무를 수행했었고 지금도 그런 경우가 많다. 그럼에도 불구하고 일부 대기업이나 중소기업에 사회복지사들이 취업하여 관련 업무를 수행하고 있는 경우도 있다.

물론, 기업 출연 복지재단에는 사회복지사들이 많이 자리잡고 있지만, 기업 사회공헌 분야는 아직 진입 장벽이 높아 활동하는 사회복지사가 많지 않다.

사회복지사라면 사회에 대한 윤리적 도덕적 자긍심과 책임감이 강해야겠지만, 전문 직업인으로서 급여소득자로서 금전적 부문을 고려하지 않을 수 없을 것이다.

그럼 기업 사회복지사가 되기 위해서는 어떻게 해야 할지 조금이나마 경험자로서 기업 사회공헌 담당자를 꿈꾸는 사회복지사들에게 조언하고 싶다. 물론 기업 마다 채용하고자 하는 사회복지사에 대한 기준이 다를 것이기에 나의 경험을 기준으로 이야기 하고자 한다.

몇해전, 회사에서 계약직으로 사회공헌 담당자를 채용하는데 이력서가 약 150여 통이 들어 왔다. 많은 기대를 않고 서류를 하나하나 살펴보았지만 정작 면접을 보고 싶은 사람은 몇 명이 안됐다.

왜 그럴까?

채용 공고문에는 학부 사회복지학 전공자로서 석사 학위 소지자 우대, 기업 사회공헌 경력자 우대, 관련 업무 경력자 우대로 명시되어 있다.

그래서 이력서를 볼 때, 가정 먼저 학부 사회복지학 전공여부와 사회복지학 전공 석사 취득여부에서 1차 대상자들이 추려진다.

그리고 2차로 기업 사회공헌 업무 경력이 있는지 살펴보고, 없는 경우는 비영리단체에서 기업과 파트너십으로 사회공헌 프로그램 수행 업무 경험이 있는지를 살펴본다.

이런 과정을 거치면 겨우 5~6명이 선별되고 마지막으로 공인 영어 점수가 있는지 여부를 고려하면 결국 최종 면접 대상자는 1~2명으로 추려진다.

위와 같이 객관적인 기준만으로도 이미 면접 대상자는 결정되며, 이후 면접 대상 후보자들의 자기소개서를 읽어보게 된다.

기업의 채용 공고는 사람인, 인크루트, 잡코리아 등을 통해 진행되고 모집 기간도 1주일에서 길어야 2주정도에서 진행된다. 또한 해당 기업에서 직접 채용하는 경우도 있고 헤드헌팅 회사를 통해 간접 채용하는 경우도 있다.

우리가 미취업 상태라면 여러 가지를 준비하고 매일매일 취업 공고를 유심히 살펴볼 것이고, 어딘가 재직중이라면 가끔 가끔 생각날때마다 취업 정보 사이트를 뒤져볼 것이다.

그러기에 현실적으로 준비되어 있지 않으면 채용의 기회가 적을 수밖에 없다.

그래서 기업 사회공헌 담당자로 취업하기 위해서 준비해야 할 사항을 제안하고자 한다. 물론 다 알고 있는 사항이겠지만 그 상황을 보는 입장이 다르기에 강조할 수 밖에 없는 것이다.

물론 나의 사적인 견해임을 이해하고 들어주길 바란다.

먼저, 학부에서 사회복지를 전공해야 한다. 학교의 명성도 필요하겠지만 사회복지 현장에 대한 인적 네트워크의 기본이 동문이기 때문이다. 사회공헌 업무를 하려면 외부 기관과의 긴밀한 협력관계가 필요하다. 다양한 인적 네트워크가 있으면 훨씬 수월하게 업무를 수행할 수 있다. 따라서 학부 사회복지 전공을 기본으로 제안하고 싶다.

두 번째로, 석사 학위 취득이다. 물론 여유가 된다면 주간 과정도 고려할 수 있겠지만 직장에 다니고 있다면 야간대학원에 진학하여 석사 학위를 취득하길 제안하고 싶다. 기획서 작성을 위한 논리적 사고와 글쓰기에도 도움이 되고, 인적 네트워크를 만드는데도 중요한 역할을 하기 때문이다. 사회복지분야 직장생활 5년차 정도면 꼭 야간 대학원 진학을 고민할 것을 제안하고 싶다.

세 번째로, 기업 사회공헌 경력이 있어야 한다. 물론 처음부터 정규직 공채로 들어간다면 좋겠지만 정말 어렵고 자리도 일년에 몇건 안난다. 그렇다고 손놓고 기다리면 안된다. 계약직 자리라도 들어가서 경험을 쌓아야 한다. 기업 분위기도 익히고 자신의 역량을 발휘해서 프로그램도 기획해서 진행해 보고, 다른 기업 관계자들과 네트워크도 만들고 하는 적극적인 자세가 필요하다.

기업 사회공헌 담당자가 되고자 한다면 과감하게 그길로 준비해야 한다. 계약직이라고 쉽게 보면 안된다. 최소한의 경험이라도 가진다면 전체 이력서 제출자의 절반 이상을 이길수 있을 것이다. 차근차근 하나하나 경력을 쌓아 간다면 자신이 원하는 좀더 멋진 기업에서 일할 수 있는 기회가 있을 것이다.

네 번째로, 사회복지 현장 경력을 쌓아야 한다. 사회복지 현장을 모르는데 어떻게 사회공헌 프로그램을 기획하고 자원봉사단을 운영할 수 있겠는가? 사회복지 현장 경험이 없으면 기업에서 채용하지 않는다. 기업은 경력자가 필요하지 신입 사회복지사가 필요하지 않기 때문이다. 스스로 알아서 일해야 한다. 아는 만큼 일하게 되기 때문이다.

한편으로, 사회복지 현장에서 기업 관련 업무를 담당하다 탁월한 업무 수행 능력을 인정받아 해당 기업 사회공헌 담당자로 채용되는 사례도 있으니 자신의 진로 분야를 명확히 하면 현재의 업무를 어떻게 수행해 나가야 할지도 정해질 것이다.

다섯 번째로 다양한 사회복지 또는 사회공헌 관련 경험과 인적 네트워크이다. 각종 세미나 또는 공청회 참여를 통해 사회 이슈에 관심을 가지고 있어야 하며, 다양한 곳에서 다양한 사람들과 만나 자신의 명함을 교환하며 인적 네트워크를 만들어 가야 한다. 물론, 온,오프라인을 통한 각종 모임에 참여하는 것도 좋은 방법이다.

사회복지 분야 뿐만 아니라 사회공헌 분야도 혼자서는 일을 할수 없다. 사회문제에 대한 이해를 바탕으로 프로그램을 기획해야 하고 이를 실행하기 위해서는 파트너 기관들이 있어야 한다. 이름 있는 대형 NGO를 말하는 것이 아니라 기업에서 기획한 프로그램을 전문적으로 수행할 대표적인 단체가 있어야 하며 그러한 단체를 선정하고 협력하는 것도 결국 담당자의 네트워크 역량에서 시작되기 때문이다.

여섯 번째로, 공인 영어점수가 필요하다. 물론 외국계 기업은 필수일 것이지만 국내 기업도 마찬가지 이다. 기업 공채에도 영어 점수는 필수 조건이기에 사회공헌 담당 직무 또한 해당 기준에 맞아야 한다. 최소한 최근 기업 채용 평균 공인 영어 성적 기준에 충족할 수 있도록 준비해야 한다. 만약 당신이 이력서의 영어 성적란을 빈칸으로 둔다면 당신은 서류 불합격자의 우선순위가 될 가능성이 높아질 것이다.

2장

기업 사회공헌 프로그램 기획과 운영 사례

01. 나눔은 또 다른 시작이다(임직원 기부 : 급여 우수리 나누기)

02. 나눔은 또 다른 시작이다(자원봉사의 모든 것을 만들다)

03. 이주여성, 불편한 진실과 마주하다

04. 매월 무료 공연 '문화예술&나눔 캠페인'

05. 환경 사회공헌 차별화, 멸종위기천연기념물지킴이 캠페인

06. 음악으로 세상과 소통하는 발달장애인 '하트하트오케스트라' 후원

07. 국내 최초 소방관 후원, 소방영웅지킴이를 살려내다

08. 해양경찰을 아시나요?

09. 우리 이웃, 시민영웅을 만나다

10. 보이지 않아도, 들리지 않아도, 우리는 함께 느낀다

11. 365일 무료 자판기, 구도일 카페 이야기

12. 캠프, 처음부터 끝까지 빈틈없이 준비해야

13. 청년 창업 아이콘, 푸드트럭 유류비 지원

14. 행복나눔 실천, '주유소 나눔 N 캠페인'

15. 달리는 응급실, '닥터카' 후원

16. 절망 속 희망의 손길 '저소득가정 화재피해복구지원'

17. 람사르습지 '고양 장항습지보호캠페인'

01.
나눔은 또 다른 시작이다
(임직원 기부 : 급여 우수리 나누기)

직원 : 기부에 꼭 참여해야 하나요?

나 : 원하시는 분만 참여하시면 됩니다. 기부한 금액은 희귀질환 담도폐쇄증 환아 치료비로 지원되고, 연말 소득공제가 됩니다. 개인 의사에 따라 신청이나 취소도 가능합니다.

직원 : 네, 생각해 볼게요.

90년대 후반부터 2000년대까지 기업 사회공헌 활동이 활성화되면서 기업들이 너도나도 시행하던 프로그램 중의 하나가 직원들이 참여하는 기부 프로그램인 '급여 우수리' 나누기이다. 직원들의 급여 중일부를 매달 정기적으로 기부하는 것으로 급여 우수리 나누기, 급여 끝전 나누기, 잔전 모으기 등 다양한 이름으로 불렸으며 천 원/만 원미만 등 기준도 다양했다.

나는 다른 기업들의 직원 기부 참여 실태를 언론 기사, 회사 홈페이지, 각종 보고서 등 인터넷을 통해 조사하였으며 지인을 통해 전화로 진행 내용을 물어보기도 하였다.

수천 명의 직원이 있는 회사들은 급여 중 천 원 미만의 금액만 모아도 매달 수천만 원이 모금될 수 있었다. 하지만 우리 회사의 직원 수는 약 3천 명이었고 그중 얼마나 참여할지 알 수 없어 기부금 모금액을 고려하여 매월 기본급의 '만 원 미만' 금액을 기부하는 것으로 기획하였다. 직원마다 금액이 달라 만 원 미만이나 금액이 없는 경우도 있었고 최고 9천 원을 기부하는 직원도 있었다.

한편으로 모금액의 후원 대상을 정해야 했다. 직원들에게 모금 참여를 안내하려면 어디에 쓸 것인지도 같이 알려주어야 기부 참여율을 높일 수 있기 때문이다.

예전에 근무하던 분야인 백혈병 소아암 환아 분야도 있었지만 정부나 외부 치료비 후원이 많이 활성화되어 있었고, 장애 분야나 기타 복지 분야는 회사 사회공헌 기부금으로 지원할 수도 있어서 새롭게 희귀질환 분야를 찾아보았다.

정부의 의료비 지원도 부족하고, 의료비도 많이 들고, 쉽게 치료하기도 어려워 외부 후원받기도 어려운 분야가 희귀질환 분야였다. 나는 적은 금액으로 소수의 대상자를 전부 지원함으로써 그 분야를 책임질 수 있는 곳을 찾고 있었다.

인터넷 기사 검색은 기본이고 보건복지부 통계정보도 찾아보고 관련 단체들의 홈페이지도 방문하여 실태를 파악하였다. 그리고 한국사회복지협의회 새생명지원센터 관계자를 통해 후원 대상 분야를 추천받기도 하였다. 이러한 다방면의 고민과 논의 끝에 선천성 영유아 희귀질환인 '담도폐쇄증' 환아 지원을 검토하게 되었다. 병원 의료사회복지사도 만나보고, 담도폐쇄증 환우회 관계자분도 만나 환아들의 질병 상태와 외부 후원 상황 등을 파악하였다.

 이러한 일련의 과정을 거쳐 기획안을 만들어 내부 보고하였고 결재 과정을 거쳐 본격적으로 본 프로그램을 시작하였다. 이 프로그램이 '희귀질환 담도폐쇄증 환아 지원 임직원 급여 우수리 나눔'이다. 사내 공지를 통해 직원들의 참여를 독려하였고 직원들의 자발적인 참여를 통해 회사의 절반 이상 직원들이 참여하게 되었다.

 직원들이 참여하는 급여 우수리 나눔에 매칭하여 회사 기부를 연계하기 위하여 2009년 4월 한국사회복지협의회와 함께 '밝은 웃음 찾아주기 캠페인' 희귀질환 담도폐쇄증 환아 의료비 지원 사업 협약식도 진행했다. 이를 통해 매달 모금되는 직원들의 기부금에 더해 회사 사회공헌 기부금을 합하여 더 많은 환아를 후원할 수 있게 되었다.

 인사팀에서는 신청자들의 급여에서 매월 금액을 공제하여 한국사회복지협의회로 기부하였고, 한국사회복지협의회 새생명지원센터에서는 병원에서 추천받은 환아를 심사를 통해 선정해 주었다. 이후 본사 부서별로 돌아가면서 부서 팀장과 직원을 데리고 병원을 방문하여 환아를 직접 만나 후원금 전달식을 진행하였고 그 결과를 사내에 공지하여 직원들의 기부금이 어디에 쓰였는지 공유하였다.

 또한 본사 정기봉사 프로그램의 하나로 사진동호회 사진봉사 프로그램을 담도폐쇄증 환아 가족사진 촬영 봉사 프로그램으로 기획하여 시행하였다. 담도폐쇄증은 선천성 희귀질환으로 영유아 발병률이 높아 어렵고 힘든 치료과정을 겪다 보니 가족사진조차 없는 경우가 많았다. 이에 급여 우수리 후원을 받은 환아 중 치료가 어느 정도 잘 진행되고 있는 환아를 대상으로 가족사진을 찍어주는 봉사 프로그램이다. 회사 사진동호회 직원들이 매달 전국에 있는 환아 가족을 찾아가서 스튜디오를 빌려 가족사진을 찍어주었다.

이렇게 우리 회사 직원들은 15년이 넘는 시간 동안 급여 우수리 나눔을 통해 희귀질환 담도폐쇄증 환아의 치료비를 지원하고 있으며 연간 약 1억 원 정도가 모금되고 있다.

누구한테는 만 원도 안 되는 적은 금액이지만 천명 이상의 직원들의 정성이 모이면 힘들게 투병 중인 환아와 가족들에게 밝은 미소를 안겨줄 수 있는 기회가 된다. 나눔은 또 다른 생명의 시작이다. 환아를 만나는 순간 후원에 감사하며 눈물짓는 보호자의 모습이 내 마음을 뭉클하게 만들었고 내가 사회복지사라는 것이 뿌듯한 순간이었다.

02.
나눔은 또 다른 시작이다
(자원봉사의 모든 것을 만들다)

직원 : 자원봉사 꼭 해야 하나요?

나 : 아니요, 바쁘시면 안 하셔도 돼요. 참고로 정기봉사와 팀 봉사로 진행하고 있어요. 봉사실적이 내부에 별도로 보고되진 않고 인사에 반영되는 부분도 없습니다.

직원 : 팀 봉사는 다 하나요?

나 : 시기에 따라 다르지만 평균 80% 정도 참여하고 있습니다.

2000년대 기업 사회공헌이 활성화되기 시작하면서 이와 함께 임직원들의 참여 프로그램도 많아졌고 그 대표적인 활동이 자원봉사이다. 많은 회사가 직원들의 참여형 사회공헌 프로그램을 기획하였으며, 기업들이 다양한 형태로 이러한 직원들의 기부문화를 만들어 나가고 있어 나 역시 직원들의 나눔 참여 프로그램을 기획하게 되었다.

제일 먼저 해야 할 일은 자원봉사활동처 개발이었다. 회사는 2007년 1월 사회봉사단을 만들었으나 실질적 활동이 별로 없는 상황이라 프로그램 개발이 시급했다. 먼저 내가 아는 복지 인맥을 통해 토요일 봉사가 가능한 봉사처를 찾아다녔다. 복지관을 방문해서 참여 가능한 프로그램을 협의하였다. 매월 1회 참여할 수 있는 정기봉사 프로그램으로, 주로 오전에 진행 가능한 경로식당 급식봉사, 아동양육시설 청소, 장애인 나들이 동행, 푸드마켓 봉사 등 관련 기관과 협의하여 정기 프로그램을 기획하였다. 물론 기관마다 일정 금액의 후원금도 책정하였다. 기획한 프로그램을 사내에 공지하여 참여자를 모집하였으며, 프로그램마다 모집된 인원 중 1명씩을 간사로 지정하여 멤버들을 챙길 수 있도록 협조를 구했다. 이러한 프로그램이 초기에는 5~6개로 시작하여 나중에는 16개 정기봉사 프로그램이 운영되었다. 물론 중간에 직원들의 참여가 저조하여 중단한 봉사처도 있고 이런 경우 새로운 봉사처를 찾아서 만들어 추가하였다. 토요일 봉사 프로그램이다 보니 직원들뿐만 아니라 자녀들도 함께 참여할 수 있는 프로그램에 참여율이 높았다.

처음에는 내가 직접 개별 복지기관을 섭외하고, 후원금도 입금하고, 직원봉사단도 관리하고, 금요일이면 봉사단 복장을 챙겨주는 게 일상이 되었다. 이러다 보니 업무적으로 손이 많이 가서 좀 더 체계적인 관리를 위하여 2011년 3월 서울시사회복지협의회와 서울지역봉사단 협약을 체결하였다. 이를 통해 기부금은 서울시사회복지협의회로 일괄 기부하고 개별 복지기관에 지정기탁으로 후원할 수 있었다. 이 과정에서 나의 기부금 집행과 관련된 업무가 훨씬 간소해졌다.

처음에는 매년 정해진 예산을 기부하고 직원들은 희망하는 봉사 프로그램에 참여하였고, 매년 상반기, 하반기 나누어 사내 봉사자 모집을 지속적으로 진행하였다. 이러한 과정에 추가하여 2012년부터는 서울시사회복지협의회, 정기봉사 프로그램 기관 담당자들과 함께 매년 상반기에 기부금 전달식 행사를 진행하였다. 우리 회사의 직원 봉사자들을 담당하는 복지기관에 감사를 전하며 기부금을 전달하는 자리이다. 전달식에는 봉사 프로그램별 간사 역할을 하는 직원들도 함께 참여하여 활동과 역할의 의미를 설명하며 동기부여의 계기가 되었다. 이러한 전달식 행사는 회사 홍보팀에서 언론 홍보에 활용하였다. 예전에는 회사 홍보 건수의 70%가 사회공헌이었다. 이 부분은 매우 중요한 시사점일 것이다.

이렇게 본사 약 8백여명의 직원 중 정기봉사 프로그램에 참여하는 직원들은 약 2백여명 이었다. 정기봉사 프로그램이 어느 정도 자리를 잡고 안정적으로 진행되어 가는 상황에서 직원들의 자원봉사 참여 확대를 위하여 본사 팀 봉사 프로그램도 만들었다. 본사 80여 개 팀별로 연 1회 토요일 팀 봉사를 진행하는 것이다. 모든 자원봉사는 자발적으로 진행된다. 팀마다 일정 금액의 후원금을 주고 팀에서 원하는 자원봉사 프로그램에 참여하면 되었다. 매년 약 80% 정도 팀들이 자원봉사활동에 참여하였다. 팀 봉사 프로그램의 봉사처는 기존 정기봉사 기관도 포함되며, 몇몇 새로운 봉사처도 개발하여 제안해 주었다.

이렇게 10여 년 동안의 노력으로 우리 회사 본사 직원들은 정기봉사 프로그램과 팀 봉사 프로그램에 참여하게 되었고 직원들의 봉사실적은 점수로 환산되어 승진 시 가점으로 활용되기도 하였다. 또한 봉사 프로그램별 우수한 활동을 진행한 곳들은 서울시장 표창을 비롯하여 구청장 표창, 감사패 등 많은 영광의 시간들을 체험하기도 하였다.

또한 서울시사회복지협의회와 매년 사내 봉사단 간사 워크숍을 개최하여 기업 자원봉사 사례 소개와 기업 사회공헌 동향에 대한 교육은 물론 전년도 우수 봉사자에 대한 시상도 진행하였다.

2008년부터 시작된 자원봉사단 관리업무의 하나로 추가되는 것이 자원봉사자 실적관리 업무이다. 이를 위해 사회복지자원봉사 인증센터 일명 VMS(Volunteer Management System)에 인증센터로 승인받아 직원들의 봉사실적을 내가 직접 입력하였다. 대부분 기업이 자체 실적관리나 통계를 잡아 사용하고 있었으나 나는 우리 직원들의 봉사실적을 공식화하여 공인받도록 하였으며, 이를 통해 우수 자원봉사자들이 정부 표창을 받을 수 있는 근거를 마련하였다.

한 번은 집수리 봉사를 하는데 자녀와 같이 참여한 직원이 있었다. 혼자 사시는 어르신 집의 도배를 하는 일이라 온갖 집안의 모든 물건을 내놓고 도배가 끝나면 다시 정리해 주는 일이었다. 옷장도 없이 이곳저곳 옷들이 놓여있는 것을 본 한 직원이 자녀와 함께 조용히 어딘가 다녀오더니 자비로 행거를 구입해 와서는 집에 설치하고 옷을 정리해 주셨다. 그 직원과 자녀는 참 보람된 봉사의 의미를 느꼈을 것이다. 나는 멀리서 그분들의 모습을 지켜보며 감사함과 뿌듯함을 느꼈다.

나는 사회복지사로 회사의 자원봉사 프로그램 기획부터 실적 등록 그리고 기부금 집행까지 일련의 모든 일들을 혼자 진행하였다. 열심히 자원봉사에 참여하는 직원들은 해가 지나도 꾸준히 참여하여 자연스럽게 자원봉사 리더들이 되었다. 물론 직원들의 참여가 적을 때는 마음 한편으로는 아쉽고 서운함을 느끼기도 하였다. 사회복지사로서 나의 노력을 시작으로 많은 직원들이 함께할 수 있다는 것에 보람을 느끼며 일했다. 코로나19로 2020년부터 3년간 모든 봉사활동이 중단된 시간도 있었지만, 나는 지금도 여전히 내 위치에서 처음처럼 그 마음 그대로 업무에 임하고 있다.

03.
이주여성, 불편한 진실과 마주하다

2012년 겨울 어느 날, 여느 때와 같이 나는 새로운 사업을 기획해야 했다. 회사 사회공헌 프로그램들의 지원 대상을 분야별로 구분해보았다. 영유아 분야는 "급여 우수리 나눔"으로 희귀질환 환아를 지원하고 있었고, 아동과 청소년 분야는 "햇살나눔캠프"나 각종 장학사업 등이 있었으며, 장애인 분야는 "감동의 마라톤" 사업과 "장애인 학습용 맞춤 보조기기 지원"이 있었고, 노인 분야는 "저소득 가정 난방유 지원"이 있었으나, 특별히 여성이나 다문화 관련 프로그램은 없었다.

나는 사회복지를 공부하고 현장에서 일하고 있지만 특히 여성 분야는 시민단체들의 여성 인권 문제가 사회적 이슈로 자리 잡고 있어 사회공헌 차원에서 접근하는 게 쉽지 않을 듯했다.

먼저 인터넷으로 여성 관련 기업 사회공헌 사례를 조사해 봤다. 여성이란 주제의 사회공헌은 거의 없었으며, 접근 방법을 찾기도 어려웠다. 그러던 중 이주여성이란 주제가 눈에 띄었다. 사회적으로 한동안 다문화가정이 이슈가 되고 사회공헌 프로그램들도 여러 가지 이야기들이 진행되고 있는 것을 이미 알고 있던 터라 생소하진 않았다.

좀 더 자세히 살펴보고자 했다. 이주여성 또는 다문화가정 관련 사회공헌 사례들을 찾아보았다. 한글교실, 우리 문화 알기 체험이나 교육, 모국 방문, 의료지원 등이 후원되고 있었다. 기업들이 하는 다문화가정 관련 사회공헌 프로그램들을 리스트로 작성해 보았다. 거의 비슷한 프로그램들이 진행되고 있었다.

이미 다른 기업에서 하는 부분에 우리가 다시 중복 참여할 필요는 없을 것 같아 새로운 분야를 찾아보았다. 그러던 중 이주여성이란 단어와 연결되었고, 이주여성들에 대한 가정폭력이 사회문제로 대두되고 있다는 것을 파악할 수 있었다. 이미 여성가족부에서 다문화가족지원센터를 전국적으로 확대 운영하는 상황에서 이주여성들의 인권 문제는 민간의 영역이라 생각할 수밖에 없었다. 그러한 스토리를 중심으로 찾아본 결과 한국에 있는 이주여성들에 대한 가정폭력 피해 사례를 수집하고 이들을 지원하는 유일한 민간 조직이 한국이주여성인권센터라는 것을 알게 되었다.

하지만 우리가 어떻게 어떤 측면에서 사회공헌 활동으로 참여할 수 있을지 고민하는 게 쉽지 않고 무작정 센터를 찾아가는 것도 부담스러웠다.

그래서 내가 한국사회복지사협회에 근무할 때 알고 지내던 분 중에 여성 NGO 단체에서 근무하셨던 분을 수소문하여 찾아 우리 상황을 설명하고 한국이주여성인권센터에 대한 의견을 들었다. 그분의 조언을 토대로 한국이주여성인권센터가 순수 민간 기관으로서 이주여성의 인권 문제의 개선을 위해 노력하고 있다는 것을 알게 되었다. 이후 센터 사무실로 전화를 걸어 방문 약속을 잡고 종로에 있는 한국이주여성인권센터를 방문하게 되었다.

한국염 회장님과 인사를 하고 센터 초기부터 현재까지의 다양한 이야기를 나누면서 점점 더 우리 회사가 사회공헌의 하나로 참여하면 큰 의미가 있을 것이라는 생각을 하게 되었다. 특히, 아무런 외부 도움도 없이 순수 민간 단체로서 재정적 어려움을 무릅쓰고 전국적으로 수많은 활동가 분들이 함께하는 모습에 내가 작게나마 도움을 드리고 싶다고 생각하게 되었다.

이러한 만남을 시작으로 신규 사회공헌 프로그램인 "가정폭력 피해 이주여성 지원 사업"을 기획하였으며, 의사 결정 과정에서 별다른 반대 의견 없이 결정되고 확정되었다.

2013년부터 시작된 후원은 2023년까지 11년간 총 6억 6천만 원이 기부되었으며, 231가정 546명의 자립을 지원하였고 이주여성 봉사자의 통·번역 활동 지원으로 2만여 명이 도움을 받은 실적을 나타냈다.

후원금은 가정폭력 피해를 입고 전화나 방문 상담을 요청하는 이주여성들을 상담하는 이주여성 출신 상담가들과 가정폭력 피해를 입고 쉼터에서 생활하다 자립하는 가족들을 지원한다. 이 지원은 생필품부터 월세까지 적은 금액이지만 이들에게 새로운 삶의 시작을 만들 기회가 되었다.

한국염 목사님이 설립한 한국이주여성인권센터는 2001년 여성 이주노동자의 집 설립을 시작으로 가정폭력 등의 피해를 입은 이주여성을 위한 위기 쉼터 운영, 법률지원 등 다양한 지원 사업을 수행하는 국내 유일한 순수 민간 단체로서, 이주여성들을 위한 민간 대사관으로 그 중심적 역할을 하고 있다.

정부에서 도움을 전혀 주지 못하고 외면하고 있던 가정폭력피해 이주여성의 인권과 자립을 위해 20여 년간 노력해 오고 있다. 한국이주여성인권센터는 고유 목적 사업을 수행하기 위해 정부 지원을 받지 않고 있었으며, 가정폭력피해 이주여성이라는 단체의 활동 분야의 특성으로 외부 후원을 받는 것도 쉽지 않았다. 따라서 회원들의 후원금만으로 운영되고 있어 조직 운영의 어려움을 겪고 있었다. 민간 단체가 설립 목적에 따라 정체성을 유지하면서 그들의 역할을 열심히 해 나가는 것은 매우 중요하지만, 조직 운영을 위한 후원만으로는 재정적 안정이 어렵다. 이것은 거의 모든 단체가 겪는 현실적인 어려움이다.

지금 이 순간에도 어려운 여건 속에서도 전국에서 가정폭력피해를 입은 이주여성을 위해 밤낮을 쉬지 않고 그들 곁에서 그들의 목소리를 듣기 위해 일하는 모든 활동가 분들께 존경의 마음을 전하고 싶다. 우리는 지금도 불편한 진실을 외면하고 있진 않은지 스스로 되돌아보아야 할 것이다.

"대한민국 인구의 4%, 약 250만 명의 이주민이 새로운 꿈을 찾아 한국에 삶의 터전을 꾸렸습니다. 한국에 거주하는 이주민의 약 45%, 99만 명이 여성입니다. 꿈을 실현하면서 사는 사람들도 있지만 한국에서 이주여성의 삶은 우리가 생각하는 것보다 훨씬 더 힘들고 고달픕니다. 이주여성은 이주민이면서 여성이라는 이중적 이유 또는 개발도상국 출신이라는 이유로 가정폭력과 성폭력 등 폭력 피해를 더 많이 경험합니다. 가정과 사회 내에서 한 사람의 인격체로 존중받기보다 무시당하며, 신분증을 뺏기고, 외출과 취업이 금지되는 등 사회적 관계가 단절되도록 학대당하기도 합니다. 누구나 때로는 낯선 땅에서 이방인이 됩니다. 함께 사는 공동체 구성원의 권리를 기꺼이 인정하는 사회, 이주민을 무시와 경멸 대신 이웃으로 존중하는 사회, 피부색/민족/국적/성/문화의 차이를 차별로 받아들이지 않는 사회로, 한국 사회가 한 걸음씩 나아가고 있음을 믿고 있습니다."

- 한국이주여성인권센터 -

04.
매월 무료 공연
'문화예술&나눔 캠페인'

내가 처음 입사했던 2007년 전부터 우리 회사는 63빌딩에 위치해 있었고, 이후 2011년 마포 공덕동 신사옥을 건립 후 이전하여 마포 시대를 열어가고 있다. 마포 신사옥 입주 전 신사옥 강당 활용에 대한 관련 부서들의 논의가 있었고 이에 사회공헌 측면에서도 검토할 것을 요청받았다.

사옥 강당은 시무식, 종무식, 직원 교육, 주주총회 등 회사의 업무상 사용되는 일수가 많지 않아 연중 활용할 수 있는 방안이 필요했다. 그렇다고 외부 대관은 시설관리나 보안상의 문제로 고려되지 않았다. 관련 기관의 자문과 고민 끝에 사회공헌 프로그램의 하나로 지역 주민들에게 무료 공연을 개최하는 기획안을 제시했다.

마포의 홍대는 인디문화의 메카로 다양한 공연단체들이 있어 이들에게 공연의 기회를 제공하고 지역 주민들에게는 문화예술을 체험하고 느낄 수 있는 기회를 제공할 수 있는 일거양득의 좋은 프로그램이라고 생각했다. 다행히 내부 보고 과정에서 사업의 필요성이 공감되어 승인받을 수 있었다.

우리 회사는 2011년 6월 마포 신사옥으로 입주하였으며, 이를 시작으로 문화 나눔 네트워크 '시루'(대표 : 표재순)와 '문화예술&나눔 캠페인' 협약을 체결하였다.

당시 '시루'에서는 우리 상황과 유사한 공연 활동을 주관해 온 경험이 있어 더욱 긴밀하게 소통할 수 있었다. 매월 공연을 주관해야 하므로 사옥 강당 옆 작은 공간을 '시루' 사무실로 임차해 주었다. 이렇게 문화예술&나눔 캠페인이 시작되었다.

처음에는 기존 후원해 오던 하트-하트재단과 함께 점심 공연 때 주먹밥 나눔 모금 활동도 함께 진행했다. 그러나 별도 후원 없이 월 1회 점심 공연을 위해 재단 관계자들이 참여하는 것에 부담을 느껴 모금단체를 사옥 인근에 있는 '시소와 그네마포영유아통합지원센터'로 변경하여 진행하였다.

약 2년 동안 진행되었던 점심 공연은 매월 두 번의 사옥 내 공연을 준비해야 하는 업무 부담과 직원들의 참여 저조를 계기로 중단하게 되었다. 이후 주먹밥 나눔은 저녁 공연에서 이어서 진행하게 되었고, 매달 공연 관람을 온 지역 주민들이 주먹밥 후원금 1천 원을 모은 금액은 매년 연말 마지막 공연 전 지역 주민들 앞에서 전달식을 진행하였고, 후원금 사용처는 다음 해에 매달 공연장 로비에 게시해 오고 있다.

기존 점심 공연은 직원들을 대상으로 하는 것이라 사내 홍보를 통해 관객을 모집할 수 있었다. 그러나 저녁 공연은 지역 주민들을 대상으로 하는 것이라 관객 모집이 문제였다. 지역 방송에 홍보해야 할지, 신문에 홍보 전단지를 뿌려야 할지를 고민하다가 일단 몸으로 뛰기로 했다.

마포 관내 복지기관 관계자들에게 문자나 전화, 메일로 매월 무료 나눔 공연을 안내하는 한편, 매달 공연 내용을 알리는 홍보 전단지를 만들어 사옥 인근 아파트 단지를 직접 다니며 관리사무실에 전달해 주었다. 홍보비를 내지 않으면 홍보 게시를 안 해준다는 아파트도 있었지만, 대체로 지역 주민들을 위해 무료로 공연을 해준다고 하니 긍정적으로 협조해 주셨다.

그렇게 몇 년간 매달 전단지를 돌리며 지역 주민들의 참여를 유도하였다.

한편으론 공연 내용을 알릴 수 있는 소통의 창구가 없었다. 별도로 홈페이지를 만들 수도 없었고 그래서 회사 홈페이지에 공연 안내 메뉴를 만들자고 제안하였으나 관련 부서에서 난색을 보였고, 결국 할 수 있는 방법인 문자 안내밖에 없었다. 그렇게 매달 공연에 참석하신 분들의 이름과 핸드폰 번호를 받았고, 매달 공연 안내를 문자로 전달하고 참가 접수를 하였다. 이러한 활동들이 지역 주민 사이에서 입소문이 나면서 핸드폰 번호를 남기는 주민들이 많아졌고 지금은 3천여 명이 넘는다.

우리 회사의 문화예술&나눔 활동은 공교롭게도 2014년 문화체육관광부가 시행한 '문화가 있는 날'의 시초가 되었다.

우리 회사가 제도 시행 2년 전부터 무료 공연 행사를 진행해 왔기 때문이다. 어느 날 문화체육관광부 담당자한테서 나에게 전화해서 우리 회사와 '문화가 있는 날' 협약을 체결할 수 있는지 문의했다.

회사 입장에서는 기존해 오던 프로그램을 인정받고 지속할 수 있는 기회가 되어 협약에 적극 동의하고 실무 업무를 진행하였다. 이에 문화체육관광부에서는 협약과 동시에 우리 회사에 장관 표창을 수여해 주었다.

이러한 문체부 협약을 계기로 회사의 문화예술&나눔 캠페인 활동은 회사의 지지와 임직원들의 참여와 관심으로 지역 사회 대표 사회 공헌 프로그램으로 적극적으로 운영하게 되었다. 또한 우리 회사는 2020년부터 문화체육관광부 주관 '문화예술후원우수기업인증제'에 참여하여 인정받고 있으며, 문화예술&나눔 캠페인은 주요 공적의 하나로 평가받고 있다.

코로나19로 인한 사회적 거리 두기로 어쩔 수 없이 공연을 개최할 수 없었던 3년의 세월을 제외하곤 한 번도 빠짐 없이 매월 마지막 주 수요일 지역 주민들을 위한 문화예술&나눔 캠페인이 진행되었고, 지금은 한정된 좌석으로 매달 3천여 명에게 문자를 보내면 10분도 안 돼 300석의 좌석 신청이 마감되고 있다.

2011년 6월 협약식 및 점심 공연을 시작으로 14년째 진행된 문화예술&나눔 캠페인을 통해 우리 회사는 총 27억 6천만 원을 후원했으며, 지금까지 총 140회 공연에 3만 8천여 명의 주민들이 관람했다.

13년 전 한여름 뜨거운 뙤약볕에도 직접 공연 포스터를 들고 회사

인근 아파트를 돌며 홍보하던 나의 모습이 아직도 선명하게 기억난다.

기업 사회공헌 관계자들은 기업 사회공헌의 진정성과 지속적인 활동이 왜 중요한지를 알아야 한다.

05.
환경 사회공헌 차별화,
멸종위기천연기념물지킴이 캠페인

2007년 11월 에쓰오일 입사를 시작으로 사회공헌 업무를 시작하였다. 당시 기업 사회공헌의 가장 큰 이슈는 환경이었다. 물론 지금은 환경이 ESG 경영이 강조되면서 경영 분야의 큰 축을 차지하고 있지만, 당시에는 기업 사회공헌의 한 분야로 인식되었으며, 그나마도 실질적인 활동이나 효과는 미흡한 실정이었다.

나 역시 에쓰오일에 입사하여 정유 업종의 특성을 고려하여 환경 분야의 사회공헌 프로그램을 기획해야 했다. 당시에는 태안 근처의 해상에서 발생한 유류 유출 사고로 인해 사회 전반에서 기업의 환경적 영향에 대한 민감성이 더욱 높아진 시기였다.

나는 가장 먼저 인터넷을 통해 다른 기업들의 환경 관련 사회공헌 프로그램들을 찾아봤다. 어느 기업이 어떤 프로그램을 어느 단체랑 어떻게 하는지 정리하였다. 그리고 환경 관련 NGO 단체 홈페이지를 통해 기업과 함께하는 활동을 찾아보고 정리하였다. 기업과 NGO 단체 양 측면에서 찾아본 결과 생각한 것처럼 그리 다른 것은 없었다.

환경 관련 글·그림 공모전, 환경 정화 봉사활동 등 어쩌면 현실적으로 접근할 수 있는 것들이다. 환경 분야는 특히 실질적인 효과를 얻기 힘들기 때문에 쉽게 접근하기 어려운 분야이다. 나도 사회복지사로서 환경 분야는 생소한 분야라 길을 찾기 어려웠다.

기업의 환경 관련 프로그램을 찾아보고, 환경 관련 NGO 단체들의 기업과 함께하는 프로그램을 찾아보고, 그다음으로는 환경부 홈페이지를 통해 이슈가 무엇인지 찾아보았지만 쉽지 않았다.

환경보호에 실질적인 도움을 줄 수 있는, 우리 회사만의 고유하고 독창적인 차별화된 프로그램을 찾고 싶었다. 그러던 중 우연히 '천연기념물'이란 내용을 접하게 되었다.

천연기념물은 학술 및 관상적 가치가 높아 「문화재 보호법」에 의해 지정된 동물, 식물, 지질·광물 및 천연 보호구역 등의 국가지정문화재이다. 환경부뿐만 아니라 문화재청도 천연기념물 관련 업무를 담당하고 있다는 것을 알게 되었고, 그중 멸종위기 천연기념물이 별도로 지정되어 보호되고 있었다.

이에 환경부에 문의하려다 회사 차원의 활동이 확정되지 않은 상태에서 혹시라도 검토한다는 사실이 노출되는 것이 부담스러울 수도 있어 문화재청 천연기념물 관련 부서에 연락했다. 이후 문화재청에서는 1사 1문화재 지킴이 캠페인을 진행하고 있으니 우리 회사와 문화재청이 협약을 맺자고 제안을 받았다.

이후 천연기념물 중 멸종위기종을 보호하는 것으로 좀 더 세분화

하였고, 어떤 종을 선택해야 할지 고민하다 사내 의견 공모를 시행하였다.

수달, 삽살개, 반딧불이, 장수하늘소, 한강의 황쏘가리를 투표에 부쳐 결국 수달을 선택하게 되었다. 직원들의 친밀도와 관심도를 고려하였고, 또한 앞으로 함께 만들어 가야 할 프로그램을 수행할 전문 연구 보호단체가 있느냐가 관건이었다.

이러한 과정으로 수달을 첫 보호종으로 내부 선택하고 강원도 화천에 소재하는 한국수달보호협회를 찾아갔다. 무작정 전화하고 찾아갔다.

폐교를 활용하여 수달 연못과 연구동을 운영하고 있었으며, 두세 명의 연구원과 협회장님이 상주하고 있었다. 한국수달보호협회 한성용 회장님을 만나 인사를 드리고 기업 사회공헌 차원에서 수달 보호 활동을 하고 싶다고 설명했다.

우리가 어떤 것에 참여할 수 있는지에 대해서도 논의하였다. 협회 분들을 처음으로 만난 자리이기도 했고, 협회 차원에서는 기업 사회공헌 담당자의 방문이 생소하기에 나를 의아하게 생각했지만, 17년 전의 그 인연이 지금까지 우리 회사의 천연기념물 지킴이 프로그램을 오랫동안 지속될 수 있도록 가장 가까이에서 적극적으로 협조해 주고 있는 파트너가 되었다.

이러한 과정을 거쳐 우리 회사는 2008년 5월 14일 문화재청(현 국가유산청)과 '한문화재지킴이' 협약을 체결하고 수달을 보호종으로 선정하여 보호 활동을 시작하였다. 이를 시작으로 보호종을 확대해 나갔다. 물론 매년 새로운 종을 찾아보고 관련 단체 활동도 찾아보고 직접 찾아가서 그들의 활동을 보고 듣고 결정하였다.

그 결과, 멸종위기 천연기념물 지킴이 캠페인은 2008년 수달, 2009년 두루미, 2010년 어름치, 2013년 장수하늘소, 2022년 남생이를 보호종으로 선정하여 관련 단체들의 연구 보호 활동을 지원하고, 저소득가정 어린이들을 대상으로 천연기념물 일일교실을 통해 체험과 교육의 기회를 제공하고, 대학생 천연기념물 지킴이단을 구성하여 활동함으로써 체계를 잡아갔다.

한국수달보호협회, 한국조류보호협회 철원지회, 한국두루미보호협회 철원지회, 한국민물고기보존협회, 천연기념물곤충연구소, 한국남생이보호협회가 보호종 관련 전문 단체들이며, 사회복지법인 '기아대책'이 '어린이 천연기념물 일일교실'을 함께해 주는 파트너가 되어 주었다.

또한 당사가 보호하는 천연기념물을 캐릭터화하여 프로그램 및 각종 홍보에 활용함으로써 천연기념물 보호 활동의 효과를 높이기 위해 노력했다. 회사 공용 편지봉투, 대봉투, 쇼핑백은 물론, 홈로리 차량에도 당사의 천연기념물 지킴이 보호 캐릭터 디자인을 활용하였다.

환경 관련 NGO 단체들이나 기업 사회공헌 자료들을 조사했을 때 저소득가정 어린이들을 대상으로 하는 프로그램은 없었다. 나는 사회복지사인지라 가능하면 저소득가정 어린이들에게도 환경 관련 활동을 할 수 있는 기회를 만들고 싶었다.

어린이들을 대상으로 천연기념물 캠프나 일일교실을 수행할 단체를 섭외하려고 노력했다. 월드비전, 어린이재단 등 몇몇 기관에 있는 지인들을 통해 문의하였으나 쉽지 않았다. 후원이 아니라 교육만 진행되다 보니 선뜻 참여하겠다는 곳이 없었다.

그래서 어쩔 수 없이 기존에 다른 사업을 같이 진행하던 어린이재단에 한 번 해봐 달라고 부탁을 해서 한두 해 진행하다가 이마저 어렵다고 하여, 대학원 동기 지인을 통해 '기아대책'과 연결하여 무사히 10년 넘게 지금까지 함께할 수 있었다.

매년 3천만 원을 후원하여 기아대책 운영 복지관 이용 어린이들을 대상으로 철원 두루미, 화천 수달, 영월 장수하늘소, 그리고 청평 어름치 생태 체험과 교육의 기회를 만들었다. 2008년부터 2019년까지 매년 약 4백여 명의 어린이들을 대상으로 진행하여 약 4천5백여 명의 어린이들이 참여하였다.

어린이 천연기념물 교실을 오랫동안 함께해 오고 있는 기아대책에 감사드리며 다른 사회공헌 프로그램들을 연계 진행하려고 노력했으나 기회가 닿지 않아 미안한 마음을 가지고 있다.

멸종위기 천연기념물 지킴이 캠페인은 처음 보호종 단체 후원, 어린이 교육, 직원 봉사로 시작하였으며 2009년 대학생 봉사단을 조직하게 되었다. 당시에는 기업들이 대학생 봉사조직을 만들어 홍보하는 것이 유행이었다.
다행히도 환경 관련 대학생 조직은 거의 없어 시도할 수 있었다. 나는 남들이 하는 걸 따라 하진 않기 때문이다. 그래서 더욱 힘들었고,

어디에 누구한테 어떻게 해야 할지 몰랐다.

결국 한국수달보호협회 회장님을 찾아가 도움을 요청했다. 대학생 천연기념물 지킴이단을 만들려고 하는데 사업을 주관해달라고 했다. 당시 협회에 근무 중인 연구원들은 여러 이유로 부담스러워했다. 그래서 어쩔 수 없이 회장님을 찾아가 부탁을 드렸다. 이를 계기로 대학생 천연기념물 지킴이단을 시작할 수 있었다.

처음에는 인터넷 카페를 찾아 관련 활동을 하는 사람들에게 연락하고 거기서 활동하는 대학생들을 모집 한 끝에, 겨우 1기를 모집해서 발대식과 2박 3일 캠프로 시작했다. 정말 무모한 도전이었다.

한국수달보호협회 회장님과 연구원들의 도움으로 무사히 1기를 진행할 수 있었다. 참여자들의 의견도 수렴하고 진행 과정에서 부족한 부분도 고려해서 계속 프로그램을 보완해 갔다. 2009년부터 2019년까지 10년 동안 매년 40명씩 총 400명이 선발되어 활동하였다. 이후 코로나19로 잠정 중단되기도 하였지만, 이후 재개되어 현재도 운영되고 있다.

국내 유일 대학생 천연기념물 지킴이 봉사단 운영을 통해 미래 환경 리더들인 젊은 청년들의 천연기념물에 대한 보호와 보존에 대한 관심과 참여를 유도하고자 노력하였다. 천연기념물 이해 및 미래의 환경 리더로서 역량 제고를 위한 탐사 캠프, 천연기념물 서식지 보호 봉사활동, 소모임 활동 등을 통해 시민들에게 천연기념물 보호 홍보 활동을 진행하였다.

매년 7월 방학 시기를 고려하여 발대식을 개최하며 천연기념물에 관심이 있는 다양한 전공의 학생들이 모여 보호종과 연계된 2박 3일 하계 캠프를 진행하며, 8월 말에는 어름치 치어 방류 봉사에 참여하고, 12월에는 두루미 보호를 위해 철원에서 동계 캠프도 진행하였다.

전 기수 선배들이 다음 기수 후배들에게 멘토가 되어 주기도 하고, 관련 분야를 전공한 대학생들은 현장에 취업하여 후배 기수들을 위해 강의에 참여해 주기도 하였다.

한편, 보호종 단체들의 지역에서의 원활한 활동을 지원하기 위하여 한국수달보호협회가 활동하는 강원도 화천 6사단, 그리고 한국조류보호협회와 한국두루미보호협회 철원지회가 활동하는 철원 6사단과 DMZ 천연기념물 생태보호 협약을 체결하고 매년 군부대 위문금 전달 및 군 방문 체험의 기회를 만들었다.

봉사 참가 아이들과 가족들이 아주 좋아했다. 군부대를 방문하여 군인들도 만나고 군 식당에서 밥도 먹어보고 여러 가지를 처음 체험하는 기회가 되어 자녀들의 만족도가 높았다.

멸종위기 천연기념물 지킴이 캠페인의 가장 큰 장점은 직원 및 고객 참여 봉사활동이다. 2008년 여름, 직원 가족 40여 명과 함께 강원도 화천 한국수달연구센터 방문을 시작으로 2019년까지 12년 동안 총 41회에 걸쳐 4,900여 명이 참여하였다.

겨울에는 서울역에서 DMZ 열차를 타고 강원도 철원을 방문하여 두루미 먹이 주기 봉사를 진행하였고, 여름에는 홍천, 옥천, 금강 유역에서 어름치 치어 방류를 시행하였다. 가을에는 영월 곤충박물관을 방문하여 장수하늘소에 대해 교육받았고, 강원도 화천 한국수달보호협회를 방문하여 수달 연못 청소와 수달 방사 봉사활동을 진행하였다.

모든 봉사활동은 해당 보호종 관련 단체에서 진행해 주었다.

2008년 시작한 천연기념물지킴이 캠페인을 통해 16년간 총 34억 원을 후원해 왔으며, 보호종 단체 활동 지원에 15억 원, 대학생천연기념물지킴이단 운영에 6억 원, 임직원 가족 봉사에 6억 원, 저소득 가정 어린이교육에 5억 원, DMZ 군부대 자매결연에 2억 원이 사용되었다. 이러한 지속적인 활동 공적을 인정받아 우리 회사는 2012년과 2022년 국가유산청장 표창을 받기도 했다.

산업화로 인해 파괴되는 천연기념물이란 자연유산을 보존하여 후손에게 온전히 물려주기 위한 구체적 실천 방안으로 사회적 관심이 미치지 못하는 취약 분야 지원을 고려하였으며, 특히, 자연유산 보호에 실질적으로 기여할 수 있으면서도 우리 회사만의 독창적이고 차별화된 프로그램으로 집중할 수 있는 분야를 개발하여 현재까지 지속적으로 지원하고 있다.

06.
음악으로 세상과 소통하는
발달장애인 '하트하트오케스트라' 후원

흐린 기억에는 없지만 나의 일일 업무 일지에 남아 있는 메모에 의하면 2008년 여름 어느 날, 63빌딩 우리 회사 사무실로 하트-하트재단 관계자가 후원 제안을 위해 방문했었다.

하트-하트재단에서는 2006년 발달장애청소년으로 구성된 오케스트라를 만들었다. 당시에는 단원 구성도 적었고 외부에도 많이 알려지지 않았던 터라, 오케스트라의 연주 기회를 마련하기 위해 서울 시내 대형 병원 로비에서 나눔 콘서트를 진행해 오고 있었다. 이에 비영리재단에서 운영하는 발달장애인 오케스트라에 대한 후원을 제안했던 시간이었다.

당시 후원 제안에 대해서는 나 역시 장애인 오케스트라에 대한 이해가 부족했었기에 깊게 고려하진 못했었다. 그러다 그해 2008년 12월, 연간 사회공헌 예산 중 미집행 예산이 생기면서 처음으로 공동모금회 연말 이웃 돕기 모금 캠페인에 10억 원을 기부하게 되었다.

우리 회사가 기부한 금액 중 50%는 우리 회사 프로그램으로 지정하여 사용할 수 있었기에 2009년 지정기탁 프로그램을 기획하게 되었다. 당시 회사에서 기존부터 후원해 오던 KBS 사랑의 리퀘스트 매칭 기부와 신규로 진행하는 급여우수리 매칭 기부를 포함하여 그룹홈 어린이 영어캠프, 추석맞이 송편 나누기, 겨울 연탄 나누기 봉사 프로그램을 기획하였다.

이에 더해 신규 프로그램의 하나로 당시에는 발달장애청소년으로 구성된 하트하트오케스트라 후원을 추가하게 되었다. 공동모금회 후원을 통한 지정기탁 사업은 복지 분야에 한정되어 있었다. 당시 우리 회사는 복지 분야 후원 프로그램이 적었고, 이에 공동모금회 지정기탁으로 후원금을 집행하기 위해서 복지 분야 신규 프로그램을 개발해야 했다. 따라서 이런 상황들이 우연히도 하트-하트재단의 발달장애인 오케스트라를 후원할 수 있었던 기회가 되었던 것 같다. 이렇게 우리 회사는 국내 기업 중 처음으로 하트-하트재단에서 운영 중인 발달장애인청소년으로 구성된 '하트하트오케스트라'를 후원하기 시작했다.

나는 사회공헌 담당자로서 해당 기관에 아는 지인도 없었고 외부의 후원 청탁도 아니었지만, 오롯이 하트-하트재단에서 장애인에 대한 일반 시민들의 인식 개선을 위해 오케스트라를 운영한다는 새로운 시도에 모험적으로 동참하고 싶었다. 우리 회사 역시 사회공헌을 시작한 지 얼마 안 되었던 시기라 다른 기업들이 안 하는 프로그램 후원을 선제적으로 하고자 했던 전략적 시도가 있었던 것 같다.

이렇게 2009년 7월 22일 건국대학교 병원 로비에서 첫 후원금 전달식 및 공연이 진행되었다. 당시 나는 재단 직원들과 함께 전단지를 가지고 병원 여기저기를 돌아다니며 홍보했었던 기억이 새롭다.

그렇게 시작된 후원의 인연이 어느덧 16년이 되었다. 후원금도 처음 두 해에는 5천만 원을 후원했었고, 이후부터는 매년 1억 원씩 후원해 오고 있다. 하트-하트재단에서는 우리 회사 임직원들을 대상으로 하는 전달식 공연을 비롯하여 일반 시민들을 대상으로 다양한 콘서트를 진행해 왔으며, 우리의 후원으로 40여 회에 걸쳐 약 2만 명의 시민들이 발달장애인 연주단원들의 감동적인 공연을 함께 할 수 있었다.

또한 총 400여개 초중고등학교에서 19만여 명의 학생들이 참여한 가운데 장애이해교육 '하트해피스쿨'을 진행해 왔다. 그리고 발달장애청소년 연주단원들의 음악교육을 지원하는 장학사업도 진행해 총 인원 240여 명에게 장학금을 지원해 왔다.

이렇게 우리 회사는 2009년부터 2024년까지 16년 동안 총 14억 원을 후원해 왔고, 20만 명 이상의 시민 및 학생들과 함께 해 왔다. 하트-하트재단의 장애인 문화예술 분야 대한 지속적인 후원은 우리 회사가 문화체육관광부 주관 '문화예술 후원 우수기업 인증제'의 인증 기업으로 평가받을 수 있는 핵심 성과의 하나로 자리 잡고 있다. 또한 우리 회사의 하트하트오케스트라 후원은 지난 2017년에 서울 사회공헌 대상 우수프로그램으로 선정되기도 하였다.

이러한 오랜 후원의 인연은 나에게 발달장애인 단원들의 미래를 고민하게 했다. 재단에서도 중장기적 플랜을 만들어 추진해 가고 있었지만, 외부 후원자의 한 사람으로서, 아니 동료 사회복지사의 한 사람으로서 청년에서 성인이 되어가는 발달장애인 단원들의 미래를 같이 고민할 수밖에 없었다.

그렇게 재단에서는 성인이 된 연주단원들의 직업 재활과 연계한 다양한 프로그램을 개발하고자 노력해 오고 있으며, 그러한 노력에 동참하고자 우리 회사도 발달장애인 단원 5명을 우리 회사의 직원으로 채용하는 성과를 이룰 수 있었다.

물론 수년 동안 지속적인 내부 설득과 이해의 시간이 필요했었고, 회사 차원에서도 매년 수억 원의 장애인고용분담금을 납부하는 상황에서 사회공헌과 연계한 장애인 고용 문제를 검토하지 않을 수 없었을 것이다.

장애인 연주단원 채용과 연계하여 장애인 연주단원들의 활동을 직원들과 공유하고자 회사 사옥 카페에서 매주 금요일 작은 음악회 개최를 기획하여 운영하고 있다.

현재 나의 업무 주소록에 하트-하트재단 관계자 연락처가 20여 명이 넘는다. 그만둔 직원들도 있고 아직 근무하는 직원들도 있다. 16년이 지난 지금도 난 사회공헌 담당자로서 그 업무를 수행하고 있으며, 성인이 된 발달장애인 오케스트라 단원들의 미래를 함께 고민하고 있다. 물론 파트너 단체인 하트-하트재단의 지속가능한 성장에도 관심을 가지고 지지하고 있다.

07.
국내 최초 소방관 후원,
소방영웅지킴이를 살려내다

우리 회사에서는 2006년 창립 30주년을 맞아 기업의 사회적 책임을 다하는 좋은 기업으로서의 인식 확산을 위해 사회공헌을 본격적으로 시작하였으며, 그 첫 번째 대표적 프로그램이 '소방영웅지킴이'이다.

당시 화재현장 인명수색 중 소방관 2명이 순직하였고, 특히 공장이 위치한 울산 지역에서만 2명의 소방관이 순직하는 등 사회적으로 소방관 순직이 이슈화되고 있던 시기였다.

특히, 2001년 홍제동 다가구 주택 화재 진압 도중 건물 붕괴로 소방관 6명이 순직하여 국민에게 충격을 안겨 주었으며, 당시 남은 유가족들의 자녀 양육과 생계 문제가 이야기되면서 도움의 손길들도 있었으나 얼마 후 사라진 경우도 있었다.

이후 소방관에 대한 사회적 인식이 높아지기 시작했다. 이러한 사회적 이슈와 회사 사회공헌의 새로운 시작점의 프로그램으로 소방관 지원 사업을 검토하게 되었다. 당시 사회공헌 업무를 담당하던 팀장과 담당자는 소방청을 찾아가 사업 내용을 협의하였고, 사업 주관을 위해 어떤 연결 고리가 있는지 모르는 단체가 선정되어 사업을 진행했었다.

2006년 7월 28일 우리 회사는 소방방재청과 소방영웅지킴이 협약을 체결하였다. 협약 내용으로는 순직소방관 유족위로금, 순직소방관 유자녀 학자금 지원 그리고 모범 소방관 포상의 3가지 사업으로 협약이 체결되었다. 이후 10월에는 순직소방관 유자녀 학자금 지원 행사가 있었고, 12월에는 소방영웅 시상이 진행되었다. 또한 순직소방관 발생에 따른 유족위로금도 지급되었다.

이렇게 첫해 사업이 진행되었고 두 번째 해 사업 시행 과정에서 문제가 불거졌다. 소방청에서 2007년부터 소방공제회를 통한 후원금의 기부금영수증 처리가 가능해짐에 따라 기존 주관단체를 제외하고 소방청과 당사 양쪽 기관이 함께 사업을 진행하는 것을 제안한 것이다.

해당 주관단체는 정치색이 강해서 국회의원을 통해 소방방재청에 외압을 자주 행사하는 단체로 소방방재청 실무진 입장에서 많이 불편했던 것 같다. 이에 회사 입장에서는 일방적으로 단체를 제외하고 진행하기는 어려우니 올해에 일부만 조정하고 내년부터 전체적으로 변경하는 것을 고려했던 것 같다.

그러던 중 회사가 주관단체를 배제하고 2007년 8월 30일 유자녀 학자금전달식 행사를 소방방재청과 진행했다. 이후 9월 초 행정비를 포함한 학자금 약 3억 원을 해당 단체에 송금하고 개별 수혜자에게 송금해 줄 것으로 요청하였으나, 해당 단체에서는 본인들을 제외하고 행사를 진행한 것에 불만을 품고 일정한 수수료와 사업 주관을 지속할 수 있는 것을 조건으로 제시하면서 후원금 집행을 미루기 시작했다.

이로 인해 여러 차례의 협의가 있었음에도 해결되지 못하였고, 특히 정유사 관련 고유가를 빌미로 2008년 1월에는 회사 앞은 물론, 회사 담당 임원 거주 아파트 단지 입구에서 1인 시위와 확성기 시위를 벌여 부서 직원들이 순번을 정해서 현장에 나가 녹취하고 촬영해야만 했다.

이후 사태가 해결되지 못하고 해당 단체 내부 문제 등으로 결국 일정 부분의 행정비만 수용하고 수혜자들에게 후원금을 송금하면서 일단락되었다. 물론 해당 단체 관계자는 다른 단체의 금전 문제에 연루되었고, 결국 단체는 문을 닫았다.

나는 2007년 11월 회사에 사회공헌 담당자로 입사한 후 이러한 일련의 사태를 경험하면서 2008년 사업을 어떻게 지속할 수 있을지 해결책을 마련해야만 했다.

특히, 2007년 12월 7일 태안 지역에 최악의 유류 유출사고가 발생해서 사회적으로 매우 혼란스러운 상황이었으며, 나는 회사 임직원들을 대상으로 자원봉사단을 편성하여 매주 인원을 배정하고 물품을 제공하여 유류방재 봉사를 진행해야 하는 시기였다.

회사의 대표적 사회공헌 프로그램이 1년여 만에 중단위기에 처해 있었고 프로그램을 지속할 수 있는 방법을 찾아야 했다. 문제는 소방공무원을 대상으로 후원금을 기부금 처리를 하면서 사업을 수행할 수 있는 복지 관련 단체가 없었다.

또한 회사가 다른 단체와 사업을 했을 때 기존 단체에서 문제 제기나 기타 불필요한 민원을 제기하지 않을까 하는 불안감도 있었다.

어쨌든, 일단은 전국 규모의 대표 복지단체들에 연락했으나 사업 수행이 어렵다고 했다. 그래서 내가 마지막으로 연락했던 곳이 한국사회복지협의회였다. 오래전부터 알고 있던 단체였고 관계자들도 여러 명 알고 있어서 직접 방문하여 상황을 설명하고 사업을 주관해 줄 것을 제안했었다. 며칠 후 내부 검토를 거쳐 사업 주관에 동의해 주었으며, 이렇게 소방영웅지킴이 프로그램을 다시 시작할 수 있었다.

나중에 알게 된 사실은 기존 주관단체가 마포 공덕동에 있는 사회복지회관에 사무실을 두었었고 최초 설립 시 한국사회복지협의회에서 도움을 주었던 것이었다. 그래서 다행히도 한국사회복지협의회가 새로운 파트너로 동일 사업을 수행하게 되면서 문제를 야기했던 기존 단체를 신경쓰지 않아도 되는 상황이 되었다.

그렇게 우리 회사는 2008년 9월 16일 한국사회복지협의회와 영웅지킴이 사업 주관 업무 협약을 체결했다. 이를 계기로 기존 협약에 따른 순직소방관 유족위로금, 순직소방관유자녀학자금, 소방영웅 시상은 한국사회복지협의회와 함께 새롭게 시작할 수 있었다.

이후 나는 사업을 담당하면서 새로운 프로그램을 기획하여 소방영웅지킴이 사업을 확장해 왔다.

소방관의 업무 특성상 다양한 사건·사고 현장에서 부상을 당하는 사례가 많고, 치료 과정에서 경제적 어려움이 발생하기도 하였다. 이에 소방청의 제안으로 2009년에는 업무 수행 중 부상 당한 소방관들을 격려하고자 '공상소방관 치료비 지원' 프로그램을 신설하였다.

이후 2012년에는 각종 사건·사고의 현장에서 소방관들이 겪는 트라우마로 인한 심리적 어려움을 해소해 드리고자 소방관 휴 캠프를 신설하였다. 소방관의 위험한 현장 활동에 매일매일 노심초사 기다리고 있을 배우자와 함께 2박 3일 제주 캠프를 진행하는 것이다.

그리고 2015년에는 우수 소방관 해외 우수 소방 시설 견학 프로그램 신설하였고 2016년과 2017년 시행 후 잠정 중단되었다. 전국에서 20여 명의 우수 소방관들을 선발하여 외국 소방청, 소방 관련 기관, 구조대 등을 방문하고 견학하는 프로그램이며, 소방관들의 힐링을 위한 문화 체험도 연계하여 시행하였다.

이렇게 국내 기업 최초로 시도한 소방관 후원 사업의 지속적인 후원 성과를 바탕으로 소방청에서는 2011년 11월 소방의 날 우리 회사가 대통령 표창을 받을 수 있도록 해주었다. 기업의 사회공헌 활동의 하나로 시작한 프로그램의 성과로 정부 표창도 수여할 수 있게 되어 사업을 지속해야만 하는 책임감도 생기고 사업의 중요성에 의미 부여도 하게 되었다.

2016년 청탁금지법의 시행으로 현직 공무원에 대한 후원 사업인 소방영웅지킴이 프로그램이 폐지 위기까지 고려하였으나, 관련 부처 간 여러 차례의 의견 조율과 설득 끝에 공공의 이익을 반영한 사업으로 절차의 공정성을 마련하여 유지할 수 있었다. 이때부터 현직 근무자에 대한 후원 심사는 외부 심사위원회를 구성하여 선발하고 있다.

그렇게 2006년부터 2024년까지 19년간 우리 회사는 총 100억 원이 넘게 후원해 왔으며, 수혜 인원은 3천여 명 이른다. 이러한 지속적인 사회공헌 성과를 인정받아 우리 회사는 2011년 소방의 날 대통령 표창을 받았으며, 2017년에는 담당 임원이 근정포장을 수상하는 성과를 거두었다.

현재는 많은 기업들이 소방관 후원 사업을 진행하고 있으나, 우리 회사는 국내 최초 소방관 후원 사업을 시행한 기업으로서, 그리고 회사의 대표 사회공헌 프로그램으로서 자긍심을 가지고 후원 사업을 지속해 나갈 것이다.

2006년 소방영웅지킴이, 2008년 시민영웅지킴이 그리고 2013년 해경영웅지킴이까지 에쓰오일의 영웅지킴이 활동은 계속될 것이다. 그리고 오랫동안 사회공헌 파트너로서 많은 프로그램을 함께하고 계신 한국사회복지협의회 관계자분들께도 감사드린다.

08.
해양경찰을 아시나요?

2011년 더운 여름 어느 날, 회사 고객센터를 통해 연결되어 내 자리로 전화가 왔다. "여기 해양경찰청 정보과 000인데 후원 관련 미팅을 할 수 있냐?"는 것이었다.

'해양경찰'이란 단어에 의아해하기도 하였지만 경찰이라고 하니 무슨 일인가 싶어 일정을 잡고 미팅을 하였다. 사복 차림의 해양경찰관 한 분이 방문했다. 우리 회사에서 소방관 지원사업을 오랫동안 해오고 있는 것을 알고 해양경찰관에 대한 후원을 요청하기 위해 방문한 자리였다. 해양경찰에 대해 설명을 듣고 추후 우리가 검토하게 되면 연락을 드리겠다고 하고 미팅을 마쳤다.

그 후 몇 달이 지나, 뉴스에서 안타까운 소식을 접하게 되었다. 2011년 12월 12일 중국 어선의 불법조업을 단속하던 해양경찰관이 중국인 선장이 휘두른 흉기를 찔려 후송 도중 과다출혈로 사망하게 된 사건이었다.

당시 중국어선의 불법조업이 난무했고 해경의 치열한 검거 활동들이 연일 뉴스에 나오던 상황에서 우리나라 해양경찰이 순직한 사건이 국민 정서에 기름을 부은 듯 각종 언론에서 다루어졌다. 이를 계기로 해양경찰에 대한 국민의 관심이 이해가 높아지고 있던 시기였다.

그렇게 1년여 시간이 지난 2012년 가을 어느 날, "소방영웅지킴이" 프로그램은 2006년부터 시작하여 지속되고 있고, "시민영웅지킴이" 프로그램도 2008년부터 시작하여 지속되고 있는 상황에서 '우리 회사 사회공헌 대표 프로그램인 영웅지킴이 프로그램을 확대하는 방안을 검토해 보면 어떨까?'라고 생각했다.

그 순간부터 해양경찰에 대해 조사하기 시작했다. 각종 언론보도 내용과 정부통계를 참고하였고, 1년 전 만났던 해양경찰관에게도 전화를 해서 관련 자료를 요청했다.

당시 몇몇 기업 장학재단에서 해양경찰 자녀 장학금을 지원해 주고 있을 뿐, 다른 외부 기업 후원이 전혀 없던 상황이었다. 몇 개월에 걸쳐 검토서를 만들고 이듬해 내부 보고를 거쳐 기부위원회 심의에 신규 사업으로 상정하여 2억 원의 예산 승인을 받게 되었다.

2013년 4월 19일 인천 해양경찰청에서 우리 회사 CEO와 해양경찰청장, 그리고 사업을 주관할 비영리단체로서 기존 영웅지킴이 프로그램을 주관하는 한국사회복지협의회 회장이 참석한 가운데 '해양경찰영웅지킴이' 협약을 맺고 후원 사업이 시작되었다.

해양경찰영웅지킴이 프로그램은 공무상 순직한 해양경찰 유자녀에 대한 장학금 지원, 공상해양경찰 치료비 지원, 올해의 해양경찰 영웅 시상이라는 3가지 프로그램으로 시작했다.

이후 2015년부터는 해양경찰 휴캠프가 추가되었으며, 2022년부터는 순직해양경찰유족위로금 지원 사업도 추가되어 현재 총 5개 프로그램이 운영되고 있다.

순직해양경찰유자녀학자금은 공무상 순직한 해양경찰관의 유자녀로서 미취학, 초등학교, 중학교, 고등학교 재학생까지 1인당 연 3백만 원의 장학금을 지원하는 프로그램이다. 기부금 전달식은 해양경찰청 회의실에서 3개 기관 대표가 참석한 가운데 매년 진행되고 있다.

공상해양경찰 치료비 지원은 공무상 부상을 당한 해양경찰관을 격려하고자 1인당 2백만 원씩 치료비를 지원해 주는 프로그램으로 후원금 전달식은 해양경찰청 회의실에서 3개 기관 대표가 참석한 가운데 매년 진행되고 있다.

해양경찰 휴캠프는 격무에 시달리는 해양경찰관의 정서적 지지와 긍정적 부부관계 형성을 위하여 매년 약 30쌍 70명의 해양경찰관 부부를 대상으로 2박 3일간 제주에서 휴 캠프를 개최하고 있다.

올해의 해양경찰 영웅시상식은 한 해 동안 각종 사건·사고의 최일선 현장에서 솔선수범하여 업무를 수행한 해양경찰관을 선정하여 시상하는 프로그램이다. 최고영웅해양경찰관은 상금 2천만 원을 지원하고, 영웅해양경찰관은 상금 1천만 원을 시상하고 있다.

순직해양경찰관유족위로금 지원은 최초 사업 시작 시 검토하였으나, 불의의 사고로 다수의 사망자 발생 시 예산을 감당하기 어려운 경우가 있을 수 있어 보류되었던 프로그램이었다. 다행히 수년이 지난 상황에서도 공무상 순직자 발생이 적어 프로그램을 신규로 추가할 수 있었다. 안타깝게도 2022년 4월, 제주 마라도 방면 해상에서 남해지방해양경찰청 항공단 소속 헬기 추락으로 3명의 순직자가 발생하였으며, 우리 회사는 유족위로금으로 1인당 3천만 원씩 지원한 바 있다.

우리 회사는 지난 2013년 협약을 시작으로 2024년까지 총 22억 원을 후원해 왔다. 200여 명의 순직해경유자녀들에게 장학금을 지원해 주었고, 200여 명의 공상해경에게 치료비를 지원하고, 70여 명의 해경영웅을 선발하여 시상하였으며, 400여 명의 해경 부부에게 힐링 캠프의 시간을 마련해 주었다.

2016년 청탁금지법 시행과 관련하여 현직 공무원 후원에 대한 해석 문제가 있어 보류되었던 해를 제외하고 매년 후원을 이어왔다.

주관단체인 한국사회복지협의회에서 외부 인사로 심의위원회를 구성하여 해양경찰청으로부터 명단을 추천받아 심사·선정하여 진행하고 있다. 사회복지단체인 한국사회복지협의회가 국민복지 증진이라는 정관 목적 사업이 있어 사업 수행이 가능했다. 일반 복지단체들은 현직 공무원에 대한 지원사업을 수행하지 않는다.

우리 회사가 해양경찰영웅지킴이 프로그램을 시작한 지 2024년 기준으로 12년째가 되고 있다. 경찰이 아닌, 해양경찰이란 생소한 직업을 처음 들었을 때가 어느덧 12년 전이었다. 세월호 참사도 있었고, 청탁금지법 시행도 있었고, 정부 부처 개편도 있었으나, 사회공헌 차원에서 후원을 중단하지 않았다.

지금도 해상의 최일선 현장에서 묵묵히 자신의 업무를 충실히 수행하고 계신 1만 3천여 명의 해양경찰관 여러분께 존경과 감사의 마음을 드리며, 해양경찰영웅 프로그램을 더욱 체계적이고 효과적으로 지속해 나갈 수 있도록 노력할 것이다.

09.
우리 이웃, 시민영웅을 만나다

용감한 시민은 다치면 안 된다.

내가 회사에 입사하기 한 해 전부터 회사는 사회공헌 프로그램의 하나로 어려운 여건 속에서도 국민의 생명과 재산을 보호하기 위해 헌신하는 소방관들을 격려하고 사기 진작을 위하여 소방영웅지킴이 프로그램을 시행하고 있었다.

순직하신 분들의 유족에겐 위로금을 드리고, 부상을 당하신 분들께는 치료비를 드리고, 위험한 화재현장에서 솔선수범하여 임무를 수행하신 분들은 영웅소방관으로 선발하여 시상하는 프로그램이다.

현직 공무원을 후원한다는 것이 여러모로 고려해야 할 사항이 많지만, 소방관이라는 직업상 사회적으로 존경을 받는 이미지라 큰 무리 없이 진행되고 있었다.

그리고 한편으론 당시 언론을 통해 의로운 활동을 한 시민들의 스토리가 뉴스에 종종 나오곤 했다. 교통사고나 화재 현장에서 이웃을 구하거나 지하철 선로에 떨어진 그리고 물에 빠진 이웃을 구한 이야기 등 우리 주변의 의로운 시민들의 활동 소식들을 언론을 통해 종종 듣게 되었다.

그런가 하면 교통사고를 낸 뺑소니범을 자기 차로 쫓아가 잡는 과정에서 본인 차량이 파손되었는데 보상받을 곳도 없었으면, 의로운 일을 하다 다쳐도 자비로 치료해야만 하는 상황이었다. 이렇게 남을 위해 위험을 무릅쓰고 나섰는데도 개인적인 피해를 보상해 줄 수 없는 현실이 안타까웠다.

그래서 그분들에게 도움을 줄 수 있는 방법을 생각하게 되었으며, 이 과정에서 "시민영웅지킴이" 프로그램을 만들게 되었다.

2008년 1월 수십 개의 신규 사업들을 기획하여 수십 번의 내부 회의를 거치면서 새롭게 시작된 것이 타인과 사회를 위해 자신을 희생한 시민영웅을 지원해 주는 프로그램이다.

정부에서는 「의사상자 등 예우 및 지원에 관한 법률」에 따라 각종 범죄행위, 화재 등으로 급박한 위험에 처한 타인을 구하기 위하여 자신의 생명, 신체의 위험을 무릅쓰고 구조 행위를 하다가 사망에 이르거나 대통령령이 정하는 부상을 입은 경우 의사상자로 인정하여 지원하고 있었다.

그러나 심사 기준이 엄격해 정부의 지원을 받는 것이 쉽지 않은 상황이었다.

그래서 좀 더 시민들에게 가까이 다가갈 수 있는 후원의 하나로 의로운 활동을 한 시민영웅을 선정하여 그들을 격려하기 위해 시상하는 것을 기획했다.

 일반 시민들을 대상으로 하는 프로그램이다 보니 일반 복지단체에서는 진행할 수 없었다. 복지 수혜대상이 아니기 때문이다. 그래서 결국 소방영웅지킴이 프로그램을 주관하고 있던 한국사회복지협의회와 프로그램 진행 방향에 대해 협의하고 서로 합의하여 시작할 수 있었다.

 그 결과, 2008년 7월 31일 한국사회복지협의회와 시민영웅지킴이 협약을 체결하고 언론계, 경찰, 소방, 보건복지부 관계자들로 심사위원회를 구성하여 그해에 일어난 다양한 시민영웅들의 활동 사례들을 수집하여 심사하고 선정했다. 인터넷을 통해 한 해 동안 언론에 노출된 사례들을 취합하였고, 주요 사례들에 대해 경찰청을 통해 사실관계 확인을 하였으며, 최종 정리된 사례를 대상으로 심사위원회의 심의를 거쳐 최종 대상자를 확정하였다.

 고속도로에서 교통사고 운전자를 돕다 돌아가신 분도 계셨고, 원룸 건물에 화재가 난 것을 발견하고 곧바로 건물로 뛰어 들어가 소리치며 입주민들을 대피시키고 대피하지 못한 주민을 구하러 외벽을 타고 들어가다 큰 화상과 부상을 입은 외국인 분도 있었으며, 칼을 든 강도를 제압하다 부상을 당한 사례도 있었다. 불에 빠진 이웃을 구한 경우도 있었고, 폭행 현장에서 맨몸으로 제압하다 흉기에 찔렸거나, 출근길 화재 현장을 목격하고 인근에서 소화기를 들고 와 초기 화재를 진압해서 큰 피해를 막은 경우도 있었다. 폭우로 물이 불어난 시장에서 고립된 시민을 구한 경우도 있고, 교통사고를 낸 뺑소니범을 본인 차를 가지고 끝까지 쫓아가 잡아 경찰에 인계한 경우도 있었다. 이웃집에 강도가 들어 비명을 듣고 쫓아가 몸싸움 끝에 이웃들과 함께 강도를 제압한 경우도 있고 빗길에 미끄러져 뒤집힌 버스에 비상 망치를 들고 창문을 깨서 시민들을 구조한 경우도 있었다.

2008년 12월 제1회 올해의 시민영웅 시상식을 시작으로 17년 동안 300여 명의 시민영웅을 선발하여 20억 원을 시상했다.

2008년 내가 시민영웅 프로그램 기획할 때는 유사한 프로그램이 없었다. 그러나 현재는 여러 기관에서 다양한 종류의 시상식을 진행하고 있다. 시민영웅들에 대한 격려와 지지의 프로그램들은 많으면 많을수록 좋을 것 같다.

이렇듯 위험한 상황에서 용기와 기지, 희생정신을 발휘한 용감한 시민 영웅들이 우리 주위에 많이 있기에 우리의 삶이 아직은 살아갈 맛이 난다고 생각한다.

17년이 지난 지금도 시민영웅지킴이 프로그램을 함께해 주고 계신 한국사회복지협의회 관계자분들께 감사드리며, 오늘도 나는 시민영웅을 꿈꾸며 밖을 나선다.

10.
보이지 않아도, 들리지 않아도,
우리는 함께 느낀다

"OOO 씨, 지금 캐나다에 와 있습니다. 실감이 나시나요?"
"그럼요. 제가 앞은 보이지 않아도 지금 여기 있다는 것만으로도 너무 흥분되고, 감동적이네요."

"장애인 감동의 마라톤"은 마라톤이란 스포츠 활동을 통해 장애인 분들이 삶의 의지와 건강을 되찾고 유지할 수 있도록 지원하는 프로그램이다.

매년 상반기 국제마라톤에 참가할 장애인 분들의 신청을 받고 서류 심사와 현장 실사 및 인터뷰를 통해 최종 인원을 선발하여 국제마라톤 대회에 참가한다. 참가 신청은 본인 또는 주변 지인, 복지기관 등을 통해 신청이 가능하다. 참여 분야는 5km. 10km, Half, Full 4코스이며 국제대회 기준에 따라 조정된다. 시각장애인의 경우 훈련 때부터 함께해 오던 동반 주자가 동행할 수 있다.

국제마라톤에는 언론사가 동행했다. 신문이나 TV 프로그램 관계자들과 사전 조율을 거쳐 보도 방향과 촬영 계획을 세우고 선발 이후 국내 훈련 모습부터 국제대회 일정까지 촬영하게 된다. MBC, SBS,

KBS, 조선일보, 동아일보, 한겨레 등 다양한 언론사가 함께 했었다. 그러나 2014년 청탁금지법의 시행으로 언론사 동행이 어려워 자체 보도자료 배포로 진행하였다.

국제마라톤은 하반기 시기를 고려하여 국제육상경기연맹이 인정하는 실버 라벨 이상의 대회를 선정하여 참여한다. 국제마라톤의 특성상 여러 제반 안전 요소들이 잘 갖추어져야 하며 이를 고려하여 최소한 최고 골드라벨과 두 번째 실버 라벨의 대회까지만 고려하여 참여하였다.

에쓰오일 사옥 본사에서 발대식을 개최하고 당일 저녁 또는 다음날 인천공항을 통해 출발한다. 대회 일정과 시차, 현지 투어 일정 등을 고려하여 5일에서 7일 정도의 일정으로 진행되고 있다.

현지 도착 첫날은 가볍게 현지투어와 운동을 실시하고, 두 번째 날은 배번호 수령 및 코스답사 후 마라톤 박람회에 참가했다. 경기 날 당일 아침은 죽을 제공하고 코스별로 전담 인원을 배정하여 출발 후 골인한 선수들을 코스별로 모아 숙소로 복귀하여 쉴 수 있도록 했다. 대회 현장에서는 대한민국 태극기를 달고 뛰는 우리 선수들을 격려해 주는 현지 한인 참가자분들도 있었고 장애인 선수들을 격려해 주는 외국인 선수들도 많았다.

순간순간 그분들의 모습에 나도 모르게 뜨거움을 느끼기도 하였다. 새벽부터 시작되는 경기 중 풀코스가 제일 늦게 도착한다. 나는 경기 내내 태극기를 들고 골인 지점 근처에서 대기했고, 저 멀리서 우리 선수가 달려오면 태극기를 선수에게 건네주어 골인하면서 사진을 찍을 수 있도록 했다.

공식 등록된 사진사가 아니면 골인 라인에 접근할 수 없기에 진행팀 사진 담당자는 사전 등록하여 골인 라인에서 대기하고 있으면서 참가한 모든 선수의 사진을 찍어준다. 이렇게 대회가 끝나는 저녁은 한식 뒤풀이로 마무리하며 마음의 부담을 내려놓는 시간을 갖는다.

이후 하루 동안 현지 문화 체험 시간을 갖고 이튿날 귀국길에 오른다.

2009년 뉴욕 마라톤에서는 현지에서 공부하고 있던 화상 경험자 이지선 님께서 함께 풀코스에 참여해 주셨다. 이지선 님은 8시간이 넘는 기록으로 새벽에 출발하여 저녁이 다 되어서 골인 지점으로 들어왔다. 지금은 한국에서 모교인 이화여대 사회복지학과 교수님이자 나눔 전도사로 활동하고 계신다.

한편, 감동의 마라톤 프로그램 운영위원으로 참여해 주셨던 분 중 마라토너 출신으로 이봉주 선수와 함께 선수 생활을 하셨던 분이 있었다. 그분의 추천으로 2016년부터는 국민 마라토너 '이봉주' 선수가 우리 회사 장애인감동의마라톤 단장을 맡아주면서 매년 함께 국제대회에 참가하게 되었다. 이봉주 선수는 단장이면서도 장애인 단원과 함께 매년 풀코스를 완주해 주었다. 세계적인 선수임에도 장애인 단원의 페이스에 맞춰 뛰었다.

한 번은 국제대회의 일정으로 캐나다에 갔을 때 공항에서부터 어떤 여성분이 한인분들과 함께 마중을 나와 우리 선수단에 대한 환영과 함께 우리의 일정 중 가능한 시간에 집으로 저녁 초대를 해준 적이 있었다. 알고 보니 이봉주 선수의 열렬한 팬이었다. 과거 삶이 힘든 어떤 순간에 이봉주 선수의 마라톤 모습을 보고 용기를 갖고 새 삶을 살 수 있게 되었다고 했다. 20여 명의 우리 단원들을 극진히 대접해 주셔서 감사했었던 기억이 있다.

그후 안타깝게도 이봉주 선수는 2020년 3월경 방송 촬영 중 부상을 당하고 희귀병 판정으로 지금까지도 어려움을 겪고 있다.

에쓰오일 장애인 감동의 마라톤 프로그램은 2006년 싱가포르를 시작으로 시드니, 베를린, 뉴욕, 북경, 아테네, 독일, 캐나다 토론토, 네덜란드 암스테르담, 그리고 2019년 튀르키예 이스탄불 마라톤에 이르기까지 14년간 총 10개국 14개 대회에 300여 명의 장애인과 동반 주자가 참여하였다.

우리 회사의 장애인 감동의 마라톤에 참여하고자 장애인 체육 프로그램으로 마라톤을 시작한 복지기관도 있었고, 장애인 생활시설에서 정기적인 체육활동으로 마라톤 프로그램을 운영하는 곳도 생기게 되었다.

이러한 현장의 관심을 더해 우리 회사는 한국장애인재활협회와 함께 2016년부터 국내대회를 추가로 개최하였다. 여의도 한강 공원 야외무대에서부터 출발하는 5km, 10km, Half 코스로 일반인들과 장애인들 모두 참여할 수 있는 대회를 만들었다. 우수 기록 선수들에 대한 시상은 물론이고, Half 코스에서 1등을 한 선수에게는 국제대회에 동반 주자로 참여할 수 있는 기회를 제공하였다.

이렇게 국내대회 참여를 통한 장애인 1차 선발과 국내 훈련, 그리고 국제대회 참여라는 일련의 과정을 함께하는 프로그램으로 확대되었다. 참여 선수 간 관계도 긴밀해지고, 주변에도 널리 알려지면서 장애인뿐만 아니라 일반 시민 마라토너들에게도 관심의 대상이 되었다. 그러나 안타깝게도 코로나19가 시작된 해를 기점으로 현재까지 프로그램이 재개되지 못하고 있다.

2009년 내가 처음 인솔자로 참여했던 뉴욕 마라톤 일정 중 대회 전날 박람회 현장에서 우리 단원 중 언어 장애를 가지신 분이 외국인들이 운영하는 부스를 너무도 자연스럽게 방문하여 의사소통을 하면서 즐기는 모습이 아직도 눈에 선하다.

장애인 감동의 마라톤. 그 감동은 오히려 나의 마음속에 오랫동안 남아 있을 것이다. 다시 이봉주 단장님과 우리 감동의 마라톤 단원들이 함께할 수 있기를 기원한다.

11.
365일 무료 자판기,
구도일 카페 이야기

　이슬람에서는 손님이 방문했을 때 정성을 다하여 극진히 대접하는 것을 무슬림의 의무라고 생각한다. 이것은 아랍 유목민의 전통에서 유래된 것으로, 유목민들에게 손님에 대한 환대는 숭고한 덕목으로 간주되며, 이것이 자신의 품격과 위신과 명예를 높인다고 생각한다.

　환대의 관습은 사막이라는 절박한 환경에서 누구나 길을 잃어 생명을 유지할 수 없게 될 때를 대비해 길 잃은 자에게 환대를 베풀어 미래에 닥칠지 모르는 재앙을 피하기 위한 수단으로 이해될 수 있다. 오늘날에도 아랍인들은 집이나 가게 앞에 물이 가득 든 항아리와 컵을 놓아두어 목마른 자들이 마실 수 있게 하는데, 이는 이러한 손님 접대문화와 관련이 있다(출처 : 이종화 명지대/아세아신학대 강사).

　내가 다니는 회사가 2011년 6월 마포 공덕에 사옥이 들어서면서 어느 더운 여름 어느 날 사우디 출신 CEO가 사옥 주변을 둘러보다 "지역 주민들에게 시원한 생수를 대접할 수 있으면 좋겠다."라는 이야기를 했다. 당시 사옥 관리를 담당하는 총무팀(나도 총무팀 소속이다)에선 어떻게 할지 고민을 안게 되었다.

지나가는 지역 주민들에게 물을 준다? 어떻게, 언제, 누가 등의 문제를 해결하기 쉽지 않았다. 그러다 며칠의 고민 끝에 나온 것이 자판기였다. 일반 커피, 음료수, 생수병 등을 판매하는 자판기는 있지만 생수를 직접 마실 수 있는 자판기는 없었다.

결국 겉은 자판기 모양이지만 안에는 보통 정수기를 넣고 생수통을 바꿔주는 방식으로 특별 주문으로 만들게 되었다. 그해 여름부터 주민들에게 생소한 자판기에서 시원한 생수를 제공하게 되었다.

그렇게 가을이 지나고 겨울이 되기 전 고민이 생겼다. 날씨가 추워지고 온도가 내려가면 생수가 얼어버릴 텐데 어떻게 관리해야 할지가 걱정이었다. 그래서 겨울에는 코코아, 호박차, 곡차를 제공하는 자판기로 교체하였다. 물론 지역 상권을 고려하여 커피는 포함하지 않았다.

그리고 일 년 정도 지나서 우리는 지역 주민들에게 무료 제공되는 물과 차에 대한 감사의 마음을 표현할 수 있는 모금함을 자판기에 설치하여 운영하였으며, 모금된 금액은 지역 사회 복지단체를 통해 영유아 지원 사업에 사용되었다.

이렇게 자판기는 10년이 넘게 사옥 앞에서 지금도 연중무휴, 무료로 지역 주민들에게 여름에는 시원한 생수를, 겨울에는 따뜻한 곡차를 제공하고 있다. 마을버스 기사 아저씨, 택배 기사 아저씨, 등하굣길 학생 등 지역 주민들을 위한 작은 쉼터가 되고 있다.

자판기의 이름은 '구도일 카페'이다.

12.
캠프,
처음부터 끝까지 빈틈없이 준비해야

나는 15년 넘게 캠프를 기획하고 진행해 오고 있다. 기업의 담당자이기도 하지만 회사에서 기획해서 만든 캠프 프로그램이다 보니 계속 주도적으로 기획할 수밖에 없고, 파트너 단체에서 행사를 진행하게 된다.

그러나 파트너 단체 담당자는 몇 년이면 바뀌다 보니 캠프 관련 세부적인 내용의 전달이 쉽지 않다. 담당자가 바뀔 때마다 기획하고 준비하는 과정에 대해 설명해야 하고 조언해 주어야 하는 불편함과 번거로움이 있다.

특히 캠프를 기획하고 진행하는 경험을 쉽게 갖기 어렵기에 더욱 경험이 없는 담당자가 업무를 담당할 경우 상세하게 설명하고 이해시키려고 노력하고 있다.

이런 과정을 15년 넘게 겪으면서 내가 그동안 해왔던 캠프의 기획과 진행에 대해 글로 정리해서 공유하고자 한다. 캠프를 담당해야 하는 사회복지사 누구든, 행사의 규모, 참석자, 예산은 다르더라도 기본 틀이나 해야 하고 챙겨야 할 것들은 비슷하기에 내가 경험한 이야기를 통해 쉽게 이해하고 준비할 수 있도록 돕고자 한다.

우리는 사회복지 현장에서 가족 캠프, 여름방학 캠프, 힐링캠프 등 소수의 인원부터 수십 명까지 참여하거나 몇백만 원에서 몇천만 원까지 다양한 예산으로, 그리고 다양한 주제로 다양한 장소에서 캠프를 진행하고 있다.

한국백혈병소아암협회에서 근무 할 때는 전국 백혈병소아암 환아 및 가족 5백여명이 참여하는 1박2일 천사의 날(10월 4일) 가족 캠프를 2004년부터 2007년까지 한국민속촌과 용인 에버랜드에서 기획하고 진행했었다.

에쓰오일에서는 희귀질환 환아 가족 60여 명이 참여하는 제주 '햇살나눔캠프'를 2008년부터 2023년까지 14회를 개최해 왔다.

또한 소방관 부부 70쌍 150명이 참여하는 제주 '소방관 휴 캠프'를 기획하였고, 2012년에 시작하여 2022년까지 9회를 진행해 왔다.

그리고 해양경찰관 부부 35쌍 70명이 참여하는 제주 '해경 휴 캠프'도 기획하였다. 2015년에 시작하여 2022년까지 5회를 진행해 왔다. 제주 캠프만 총 28회에 매년 답사까지 더하면 제주에 50번은 다녀온 듯하다.

우리 사회복지 현장에는 다양한 캠프가 진행되고 있겠지만, 내가 주로 담당해 왔던 제주 캠프를 중심으로 실무자 입장에서 경험을 이야기하고자 한다.

기획

캠프의 시작이며 평가의 기준이다. 어떤 취지와 목적을 가지고 구체적으로 그림을 그릴 수 있는지가 제일 중요하다. 부족한 또는 잘못된 정보와 지식을 가지고 기획하게 되면 업무가 진행될수록 더 힘들게 된다.

먼저 누구를 대상으로 할 건지를 정하고 어떻게 할 건지를 정해야 한다. 사업 예산을 편성하려면 단체의 고유 목적에 적합하고 필요한 대상자를 위해 캠프를 기획하게 된다. 어떻게 할지는 혼자 생각하면 안 된다. 다른 캠프 사례를 찾아보고 유사한 경험이 있는 기관이나 담당자의 이야기를 들어보아야 한다. 또한, 캠프 장소에 대한 경험이 있는 동료나 지인을 통해 지역적 특성과 장단점을 파악하는 것도 도움이 된다. 물론 외부 후원을 받는 캠프의 경우 후원의 목적과 취지에 맞게 설계하여야 한다.

'아만보'라고 생각한다. 아는 만큼 보일 것이고, 보이는 만큼 작성할 수 있다.

현장답사

기획이 끝나면 꼭 현장답사를 해야 한다. 우리가 어떤 행사를 하면 꼭 행사장을 사전 방문하여 여러 상황을 파악하는 것처럼 특히, 캠프의 현장답사는 매우 중요하다. 국내의 경우 어디든 현장답사는 필수이며, 해외의 경우 어쩔 수 없이 여행사의 도움을 받을 수밖에 없다.

물론 인터넷으로 교통, 지리적 위치, 맛집 등 많은 정보를 사전에 습득할 수 있지만 기획을 실현하기 위해서는 현지 상황을 파악해야 한다. 처음 기획한 일정대로 진행이 가능한지, 숙소는 비용 대비 이용자 만족도는 어떨지, 식당은 어떤 메뉴가 좋을지, 방문지는 숙소와 차량 소요시간을 고려해서 어디를 갈 건지 현장답사를 통해 시뮬레이션해야 한다.

방문지는 직접 가서 봐야 하고, 식당은 직접 해당 메뉴를 시켜서 먹어봐야 한다. 남들이 인터넷으로 좋다고 하더라도 우리 상황에 적절하지 않을 수도 있고 담당자 개인의 입장에서 만족스럽지 않을 수도 있다. 매년 답사는 필수이다. 답사를 또 가냐고 질문하는 상사가 있다면 행사에 대한 이해가 부족한 사람일 것이다. 똑같은 인원이 똑같은 장소를 가더라도 새로 참가하는 대상자들을 위하여 작년과는 다르게 소소한 부분이라도 개선하고 발전시켜야 한다. 그러려면 답사는 필수다.

예산

기획하고 답사를 다녀오면 어느 정도 일정이 나온다, 왕복항공권, 현지 차량 교통비, 가이드 여부, 끼니별 식비, 방문지별 입장료, 현수막 인쇄비, 기념품비, 간식비, 여행자 보험, 여행사 수수료, 숙박비 등 항목과 참여인원에 따라 세부적으로 예산을 편성해 보아야 한다.

그러면 전체 캠프 예산이 완성되고 참가 가능 인원수도 나온다. 이후에는 캠프 예산 범위 내에서 진행 내용을 고려하여 세부적인 예산

항목을 조정해 가면서 행사를 준비하면 된다.

이러한 일련의 과정을 거쳐 만들어진 예산(안)을 기준으로 행사를 진행해 가면서 수시로 변경사항을 체크하면서 예산을 집행해야 한다. 식사가 부족하거나 음료를 더 시키는 경우도 있고, 방문지에서 입장하지 않는 인원도 있을 것이다. 특히, 행사 당일 개인 사정으로 참가하지 못하는 인원이 있을 경우 항공권과 숙박 등 전체적인 예산이 조정되어야 하는 경우도 있다.

또한 여행사를 통해 진행하는 경우에도 일정에 따른 정확한 예산을 알고 있어야 우리가 계획했던 방문지에서 여유롭게 즐길 수 있고, 우리가 원하는 식당에서 맛있게 먹을 수 있다. 특히, 여행사에서 식당이나 방문지에서 별도로 여행사 수수료를 받는 경우가 많다. 따라서 우리가 원하는 방문지와 우리가 원하는 식당의 식단을 명확히 제시해야 한다.

내가 답사를 갔을 때는 해물 뚝배기에 오분자기(전복)가 5개 들어 있었는데, 캠프 당일에는 3개만 있는 경우도 있다. 애초 계획된 식당이 사정이 있어 문을 닫았다면서 어느 골목 작은 식당에서 알 수 없는 백반을 먹었던 경우도 있었다. 여행사가 입장료가 저렴하거나 여행사에 수수료를 많이 주는 관광지 방문을 권하는 경우도 많다. 여행사의 입장도 이해하지만 치사하게 먹는 거에 손대면 열받는다. 어쩌면 내가 매년 캠프 답사를 가게 되었던 이유인 것 같다.

참가자 모집

일정과 예산에 따라 참여 가능한 인원이 확정되면 바로 모집해야한다.

특히 항공권의 경우 사전 확보가 쉽지 않기 때문에 최소 2개월 전에 인원을 확정해서 여행사에 통보해야 한다. 참가자 모집 시에는 개인정보 동의와 캠프 일정에 성실히 참여하겠다는 동의를 받아야 한다. 각종 홍보를 위해 사진 촬영이 있을 수 있다. 현장에서 추가로 확인하기 어려우므로 서면으로 꼭 받아놓아야 한다.

한 번은 환아캠프에 참여한 한 가족이 캠프 진행과정에 불만을 표시하며 하루 만에 귀가한 경우도 있다. 사전에 충분히 공지하고 안내했음에도 개인적 감정 표현으로 캠프를 어렵게 진행한 경우도 있었다. 물론 여행사를 통해 귀가 항공편이나 사후 선물 제공 등 서비스를 제공했지만 나머지 가족들이 피해를 입었다. 한 가족 또는 한 명으로 인해 나머지 참가자들이 불편하지 않도록 사전에 캠프에 성실히 참여하겠다는 서약을 받아야 한다. 물론 최악의 상황까지는 만들지 말아야 할 것이다.

세부 일정 및 업무 분담

예산에 따라 어느 정도 일정이 잡혔으면 이제 세부적인 일정을 짜야 한다.

시간 단위로 설계해야 하고, 항목마다 스태프들이 해야 할, 그리고 챙겨야 할 일들을 적어놔야 한다. 특히, 모든 스태프가 세부 일정을 숙지하고 스스로 움직일 수 있어야 한다. 그러려면 세부 일정 내용이 매우 구체적이고 빈틈이 없어야 한다. 담당자에게 물어보지 않고도 각 스태프가 매 순간 자신의 역할을 할 수 있도록 작성되어야 한다.

이를 위해서 담당자는 모든 일정에 대해 시뮬레이션해야 한다. 공항에 집결을 어디서 어떻게 할지, 항공권 발권은 모바일로 할지 실물로 할지, 기내 좌석 배치는 어떻게 할지, 목적지 공항에 도착해서 어느 게이트에 집결하고 안내할지, 버스 탑승 장소는 어디로 하고 누가 인솔할 것인지, 공항에서 식당까지 얼마나 걸리는지, 사전에 식당 좌석 배치는 되어 있는지, 점심 메뉴는 어떤 것이고 4인 테이블 기준 어떻게 나오는지, 점심은 몇 시까지 먹고 출발할 것인지 등 시간 단위별로, 움직이는 동선 단위별로 시나리오를 작성해야 한다. 항공권 발권을 비롯하여 현지 버스 이동 시 가이드를 추가할 건지도 고려하여야 한다.

직원 숙소는 1인 1실로 해야 한다. 예산이 부족하면 최대 2인실까지 배정도 가능하다. 불편한 잠자리로 스태프가 피곤하면 진행이 부실해진다. 물론 대상자들을 위해 행사를 하지만 스태프를 소홀히 해서는 안 된다.

답사를 다녀왔으면 어느 정도 세부 일정을 짜는 데 어려움이 없다. 이후 스태프들과 사전 미팅을 하면서 의견을 나누면서 부족한 부분을 보완해 가면 된다. 담당자 혼자 준비하다 보면 소홀하거나 빠진 부분도 생긴다. 따라서 스태프들과 하나하나 짚어가면서 공유하고 의견을 나누면서 부족한 부분을 채워나가야 한다.

세부 일정, 즉 시나리오의 완성이 캠프의 결과를 만들 것이다.

참가자 밴드 및 스태프 단톡방

행사를 진행하면서 어떤 여행사의 경우 참가자 밴드를 만들어 사용했었다. 기존에는 메일이나 문자, 카톡으로 수시로 안내하던 일들이 밴드를 통해 일목 요연하게 정보가 제공될 수 있었다. 사전 준비부터 현장에서의 모든 상황에 대해 밴드를 통해 매 일정 사전에 가족들에게 안내할 수 있었다. 여행사에서 관리하는 사항이라 스태프들도 부담이 없었다.

한편으로는 스태프 단톡방을 만들어야 한다. 행사 준비부터 진행 과정에서 수시로 소통해야 한다. 여행사 담당자도 단톡방에 참여하여 정보를 공유해야 한다. 이동시간, 식사 시간, 방문 시간, 준비 사항, 변경 사항, 의사 결정이 필요한 사항 등 캠프가 끝나 집으로 가면서 수고했다는 인사를 하면서 단톡방을 나오도록 소통해야 한다.

참가자 만족도 조사

캠프 마지막 날 점심을 마지막으로 공지를 통해 참가자 만족도 조사가 이루어져야 한다. 교통편, 각 방문지, 각 식당 메뉴, 간식, 기념품 등 항목 하나하나를 나열해서 참가자들의 만족도를 조사하고 차기 연도 캠프 준비에 반영해야 한다. 참가자 밴드를 통해서 만족도 조사 안내를 하고 진행하면 된다. 네이버 폼(온라인 설문지)으로 쉽게 진행할 수 있다. 개인적 의견도 기술할 수 있도록 해서 한 사람 한 사람 우리가 모르는 상황이나 불편함이 있었는지 확인해야 한다. 매년 만족도 조사 결과를 반영하여 새해 새로운 캠프를 준비한다면 시간이 갈수록 점점 더 짜임새 있고 좋은 캠프 프로그램으로 자리 잡게 될 것이다.

담당자 후기 메모

그리고 마지막으로 캠프를 다녀온 후 담당자는 지난 캠프 시간을 회상하며, 혹시라도 계획대로 진행되지 않았거나 부족했던 부분들, 좋았던 부분들까지 정리해서 메모해 놓아야 한다. 참가자 만족도 결과와 더불어 담당자의 캠프 참가 후기에 메모된 사항들이 내년 캠프에 반영될 것들이기 때문이다. 또한 세부 일정과 시나리오를 만들었지만 현지에서 진행하면서 부족한 부분들도 느낄 것이다. 그러한 사항들이 경험으로 쌓이게 되고 이를 통해 담당자의 캠프 기획 및 운영 역량이 키워져 가는 것이다.

이런 일련의 과정을 통해 캠프가 진행된다. 어느 곳 하나 소홀히 할 수 없고 담당자의 역량에 따라 성과와 평가가 달라진다. 참가자들이 무조건 만족할 것이라는 생각이나 자만심은 금물이다. 책임감을 가지고 열심히 노력하면 자기도 모르게 성장하고 있을 것이다.

'아는 만큼 일한다.' 이것이 진리이다.

아직도 국내외 캠프나 행사를 단체 직원들이 직접 진행하는 경우가 많은 듯하다. 아무래도 여행사를 통하면 수수료나 일정을 원하는 데로 잡기 어려워서일 수도 있다. 그러나 비용면이나 여러 가지를 고려했을 때 여행사를 통하는 것이 훨씬 효율적이다. 직원들의 업무 부담도 줄일 수 있다. 행사비를 조금 아끼겠다고 직원들을 고생시키지 말고 참여 인원이 많거나 예산이 많이 소요되는 캠프의 경우 가능하면 여행사 통해서 진행하길 바란다. 그만큼 직원들은 참가자들에게 더 관심을 가지고 지원할 수 있다.

13.
청년 창업 아이콘,
푸드트럭 유류비 지원

우리가 주변에서 쉽게 볼 수 있는 푸드트럭(Food Truck)은 음식을 조리하고 판매할 수 있는 차량이다.

미국 텍사스 지역의 목장에서 운영하던 취사 마차가 푸드트럭의 시작이다.

2015년 개봉된 영화 〈아메리칸 셰프〉에는 유명 레스토랑 요리사가 요리 비평가의 혹평에 레스토랑을 나와 아들과 함께 푸드트럭을 타고 미국 전 지역을 다니며 쿠바 샌드위치를 판매하며 명성을 다시 찾는 한 남성의 이야기가 나온다.

푸드트럭과 함께 보이는 미국 내 다양한 지역의 모습들이 관객들의 눈과 마음을 사로잡기도 하지만, 주목할 만한 것은 이 영화가 2000년대 중반 타코 BBQ로 엄청난 인기를 얻었던 한국계 미국인 요리사 로이 최(Roy Choi)의 이야기가 모티브가 되어 제작되었다는 사실이다.

그는 푸드트럭 '코기(KOGI)'에서 김치와 불고기를 멕시코 음식인 타코와 접목시킨 메뉴를 판매하여 선풍적 인기를 끌었다. 이렇게 성공한 그는 현재 푸드트럭은 물론, 오프라인 매장으로 레스토랑 'A-Flame'과 식당 '최고!(Chego)'도 운영하고 있어 청년 푸드트럭 창업의 성공 모델로 자리 잡고 있다.

우리나라는 2014년 9월 박근혜 정부의 규제개혁 정책의 하나로 푸드트럭을 합법화하였다.

전국의 각종 축제와 행사는 물론이며, 2017년에는 SBS 방송을 통해 〈백종원의 푸드트럭〉이라는 예능 프로그램이 전국적으로 국민의 관심과 큰 인기를 끌면서 푸드트럭에 대한 창업 열풍은 더욱 고조되어 가고 있었다.

푸드트럭은 보증금이나 월세를 내지 않고 사업이 어려워질 경우 폐업 비용도 큰 부담이 없어 많은 사람이 손쉽게 창업에 뛰어드는 분야다.

푸드트럭 사업은 차량 구입 및 개조, 집기 구매 등 약 2천만 원에서 3천만 원 사이의 비용이면 누구나 창업할 수가 있다. 그래서 청년 창업의 대표 분야로 부각되기 시작했다.

푸드트럭 영업을 하기 위해 필요한 것은 다음과 같다.

첫째, 지자체나 시설관리주체의 영업자 모집 공고에 따른 사업계획안을 제출해야 한다.
둘째, 사업자로 선정되어 계약서를 체결해야 한다,
셋째, 교통안전공단에 자동차 구조변경 승인을 받아야 한다.

넷째, 한국가스공사에 액화석유가스안전검사 승인을 받아야 한다.

다섯째, 위생 교육과 보건소나 병·의원을 통한 건강진단을 받은 후 영업신고서를 제출하고 승인받아야 한다.

푸드트럭은 다양한 메뉴를 시도할 수 있고, 자유로운 영업시간이 장점이지만 날씨의 영향을 크게 받고 가장 큰 문제는 안정적인 영업 장소를 확보하는 것이 쉽지 않다는 것이다. 또한 기존 상인들과의 마찰과 민원도 불편한 요인의 하나이다.

2017년쯤은 기업 사회공헌 분야에서 CSV가 핵심 주류였다. CSV(Creating Shared Value)는 하버드대 경영학과 마이클 유진 포터 교수가 「하버드 비즈니스 리뷰」에서 발표하며 전 세계적으로 확산되었다. CSV는 기업 활동이 수익 창출과 사회적 가치 창출을 동시에 추구할 수 있도록 한다는 것이다. 단순히 사회공헌적 의미를 넘어서 기업의 사업과 연결되어야 한다는 것이다. 기존 사업과 연계된 CSV이란 의미가 명문화된 것이다.

이에 나는 우리 회사의 특성을 반영한 유류 지원 사회공헌 사업을 기획하게 되었다.

당시 언론을 통해 청년 실업문제를 매일 뉴스로 접하고 있었고, 다른 한편으론 전국 각지의 각종 행사와 축제와 연계하여 푸드트럭이 호황을 이루었으며, 소자본 창업 아이템으로 많은 청년이 푸드트럭 창업에 뛰어들고 있다는 이야기를 듣게 되었다.

푸드트럭은 사업 특성상 이동이 잦고 이동 거리가 길기 때문에 유류비가 고정비의 큰 부분을 차지한다. 또한 푸드트럭의 수입도 월 몇

십만 원에서 몇천만 원까지 천차만별이라서 고정비 감소와 매출 증대를 위한 지원이 필요한 실정이었다.

이러한 시대 상황적 분위기를 고려하여 청년 푸드트럭에 우리 회사 유류를 지원해 주는 사회공헌 프로그램을 기획하게 되었다.

대상자가 일반 사업자여서 사회복지단체가 사업을 수행할 수가 없어, 비영리단체 중 창업 관련 사업을 주로 하는 '함께 일하는 재단'과의 협의를 통해 프로그램을 시작하였다.

함께 일하는 재단은 1998년 실업 극복을 사명으로, 취약계층을 대상으로 하는 양질의 일자리 창출과 사회 양극화 해소를 위해 설립된 민간 공익재단이다.

청년푸드트럭 유류비 지원 사업의 첫 후원금 전달식을 시작한 2018년 5월은 우리 회사 신임 CEO가 취임해서 참여한 첫 대외활동이었다.
2018년 시작된 후원은 지난 7년 동안 총 300여 대의 푸드트럭에 7억 원이 후원되었다.

함께 일하는 재단에서는 매년 상인연합회나 각종 인터넷 사이트에 후원 사업을 홍보하여 대상자를 모집한다.

대상자도 처음에는 청년 대상을 39세로 하였으나 현재는 인구 고령화에 따른 지자체의 청년 연령기준이 만 45세로 확대됨에 따라 우리 사업의 지원 대상도 만 45세로 확대하여 지원하고 있다. 또한 사회적 취약계층과 신규 신청자를 우선 선발하고 있다.

참여하고자 하는 푸드트럭 운영자는 신청서, 사업자등록증, 대표자 위생교육필증 및 보건증, 영업용 자동차 등록증 등을 제출해야 한다. 특히 신청서에 창업하게 된 자신의 이야기가 얼마나 성실하고 솔직하게 표현되었는지가 평가에 가장 큰 영향을 미치고 있다.

대상자 선정은 서류심사와 현장 실사로 이루어지고 서류심사는 정량평가와 정성평가 두 분야로 나누어진다.
정량평가에서는 영업 기간과 매출액, 그리고 사회적 취약계층 우대사항 여부가 고려된다. 정성평가에서는 신청서에 기술한 창업 동기, 푸드트럭 소개, 서류작성 성실도를 반영하여 평가한다.

서류 심사로 2배수의 대상자를 선정하고, 이후 재단 실무자들이 개별 현장 실사를 통해 조리 상황의 위생 상태와 청결도, 그리고 전기설비 및 환풍기 등 안전시설 구비 여부, 운영자 인터뷰 등으로 판단하여 최종 결정하게 된다.

이렇게 선정된 푸드트럭 운영자에게는 회사 유류상품권 2백만 원을 지원하며, 우리 회사가 후원하고 있다는 자석 홍보판과 주유구 홍보 스티커를 부착하고 연중 전국을 누비며 영업하게 된다.

예전에는 전국적인 각종 축제와 행사 현장에 수많은 푸드트럭이 함께하였으나 최근 몇 년간의 코로나19 사태로 수많은 푸드트럭이 어려움을 이겨내지 못하고 폐업하였다. 코로나 종식으로 푸드트럭의 재개를 기대했지만 지자체의 관심 부족 등으로 인한 여러 상황적 제약과 어려움은 지속되고 있는 듯하다.

2023년 현재 정부 공공데이터포털(www.data.go.kr)에 따르면 전국적으로 푸드트럭 허가구역으로 지정된 장소는 461개소이며, 그중 24%인 110개소는 운영되지 않고 있다. 총 351개소에서 운영되고 있는 푸드트럭은 366대이다.

식품의약품안전처에서 운영하는 식품나라(www.foodsafetykorea.go.kr)에 따르면 인허가받은 푸드트럭은 총 2,440대이다.

2022년 행정안전부 휴게음식점 인허가 통계에 따르면 2014년부터 2023년 7월까지 푸드트럭으로 등록된 사업자는 5,878대였으며 그중 폐업한 차량은 3,484대였다. 결국 60%에 달하는 폐업률을 나타내고 있다.

몇 해 전 우리 회사의 전국 3천여 개 주유소와 연계하여 푸드트럭이 영업할 수 있도록 장소를 지원해 주려고 하였으나, 주유소의 특성상 각종 규제와 위험 등의 제약으로 시행할 수 없었던 것이 아쉬웠다.

오늘도 푸드트럭 위에서 내일의 꿈을 위해 열정을 다하고 있을 청년분들을 응원한다.

14.
행복나눔 실천,
'주유소 나눔 N 캠페인'

협약식이나 후원금 전달식 등 다양한 사회공헌 업무를 하면서 정부 부처와의 협력도 매우 중요하다. 특히, 기업 입장에서는 정부와 연계된 사회공헌 사업을 통해 공신력 있고 파급력이 있는 활동을 하려고 한다.

물론, 기업의 욕구와 맞지 않는 경우는 억지로 참여할 수는 없다.

우리 회사도 2006년 소방청과 협약을 통해 소방영웅지킴이 프로그램을 시작해 오던 상황에서 다른 분야에서도 정부 부처와 협업할 수 있는 프로그램을 검토하게 되었다.

당시 한국사회복지협의회에서는 보건복지부와 함께 '행복 나눔 N 캠페인'을 시행하고 있었다. 행복 나눔 N 캠페인은 보건복지부와 한국사회복지협의회 주관으로 2011년 3월 출범했다.

캠페인에 참여를 희망하는 기업들은 해당 제품에 N(나눔·Nanum) 마크를 붙이고, 소비자가 해당 제품을 구매하면 일정 금액을 기업이 원하는 복지 분야에 지정하여 기부하는 것으로, 기업과 소비자가 함께 나눔에 참여하는 프로그램이다. 착한 기업, 착한 소비의 시작이다.

이에 우리 기업도 캠페인 참여를 검토하였다.

먼저 보건복지부 장관과 회사 CEO의 협약을 기본으로 진행해야 했다. 그러려면 얼마의 예산을 후원할 것인가를 제시해야 했다. 보건복지부 장관 참석하에 협약을 체결하는 사항이라 일정 수준의 후원이 약정되어야 하는 만큼 내부적으로 고민하지 않을 수 없었다. 보건복지부 관련 부서와의 협의 후 고민 끝에 처음에는 3억 원으로 제안했으나 전국 규모의 사업 특성을 고려하여 5억 원을 책정하였다.

두 번째로, 영업 부서 및 지사와 연계하여 희망하는 주유소 사장님들의 참여를 독려해야 했다. 주유소 사장 입장에서는 별도의 부담 없이 지역 사회에 후원할 수 있는 프로그램이라 호의적이었다.

이와 함께 우리는 몇 개의 주유소가 참여할 것인가를 고려해야 했다. 처음에는 1개 복지기관당 2백만 원을 산정하여 총 250개 주유소와 복지시설의 참여를 기준으로 잡았다. 이후 몇 년이 지나면서 1개소당 1백만 원으로 조정되어 진행되고 있다.

세 번째로, 주유소 추천 복지시설을 어떻게 선정하고 지원해 줄 것인가의 문제였다. 이에 대해서는 한국사회복지협의회에서 사업을 주관하고 개별 참여 주유소에서 추천한 복지시설들을 심사하고 승인해 주는 절차를 만들었다.

협회나 지회, 봉사단 등 조직을 제외하고 수혜자에게 직접 서비스를 제공하는 복지기관으로 제한하였다.

선정된 복지기관은 신청서를 비롯하여 후원금 사용 계획서를 한국사회복지협의회로 제출해야 하고 최종 확정된 복지기관에 대해 지사에서는 주유소와 연계하여 봉사활동 및 기부금 전달식을 진행할 수 있게 된다.

이후 각 복지기관은 후원금을 집행하고 사용 결과 보고서를 한국사회복지협의회에 제출해야 한다.

네 번째로, 캠페인 참여 홍보를 어떻게 할 것인가였다. 문제는 제품이 물건이 아닌 유류라 어떻게 행복 나눔 N 캠페인 참여를 표시할 수 있는가를 고민해야 했다. 왜냐하면 우리 회사가 나눔 캠페인에 참여하는 착한 기업으로서 고객과 지역 사회에 이미지를 형성해야 하기 때문이다.

그래서 수일간의 고민 끝에 생각해 낸 것이 주유소 주유기에 홍보 문구를 디자인한 자석 스티커를 부착하는 것이었다. 그러면 고객들이 주유하다 쉽게 눈으로 볼 수 있게 할 수 있었기 때문이다.

그래서 나는 인터넷을 검색하여 인천의 한 디자인 업체를 방문했다. 주유소 특성상 정전기 문제나 화재 위험성이 있기 때문에 업체를 통해 자석 스티커의 안정성을 확인해야 했다. 우리 사업 방향을 설명하고 업체에서 제작하는 자석 스티커를 살펴보며 충분히 실행 가능하다고 판단되어 추진을 결정했다.

그 결과, 2011년 보건복지부, 한국사회복지협의회와 함께 나눔 N 캠페인 협약을 체결하였고, 우리 회사는 본 프로그램을 현재까지도 진행하고 있다.

지난 14년간 총 51억 원을 후원하였으며, 전국 4,000여 개 주유소가 참여하여 전국 4,000여 개 복지시설을 지원하였다.

영업 부서에서는 지사와 함께 주유소사회봉사단을 조직하였다. 지사별로 관할 지역 참여 주유소 사장님들을 주유소 봉사단으로 구성하여 함께 복지시설을 방문하고 봉사활동도 하며 주유상품권도 전달해 주었다.

우리 프로그램에 참여하기 전부터 지역 사회 복지기관에 기부를 꾸준히 해오던 많은 주유소 사장님이 있었으며, 그래서 본인이 그동안 후원해 오던 기관을 추천해 준 경우도 많았다.

한편으로는 이번 프로그램 참여를 계기로 주유소 인근 복지시설에 나눔을 실천하게 되신 사장님들도 있어 한편으로 의미 있는 사업이라고 생각했다.

하지만 일부 주유소 운영인은 복지기관에서 임의로 기부금 영수증을 발급받은 사례도 있었고, 특정 복지기관에 몇 개 주유소가 중복 후원한 사례도 있었으나 문제가 발견되면 신속하게 조치해 왔다.

특히, 애초 후원하기로 했던 복지기관을 중간에 변경하겠다고 한 경우는 정말 난감했다. 복지기관에도 이미 후원이 통보된 상태인데 중간에 주유소 운영인이 바꾸고 싶다고 하니 지사 입장에서는 그분들의 의견을 무시할 수 없었다. 이런 경우 어쩔 수 없이 지사나 사업을 주관한 한국사회복지협의회 담당자가 해당 복지기관 담당자에게 상황을 설명하고 양해를 구해야만 했다.

이렇게 14년이 지난 지금, 나에게는 앞으로 해야 할 과제가 남아 있다. 처음 내가 이 사업 참여를 검토할 때 생각했던 것 중 하나가 주유기에 붙어있는 행복 나눔 N 자석 홍보 문구를 본 고객들도 어떻게 하면 이 캠페인에 참여할 수 있을까였다.

1단계가 회사 차원의 기부였고, 2단계는 주유소 사장님들의 나눔 실천, 그리고 3단계로 고객 참여를 고려했었다. 기존 보너스포인트 기부도 있고, 영수증 기부도 있겠지만 아직 정식으로 고객의 참여 방안을 검토하지는 못하고 있다.

주유소 나눔 N 캠페인으로 지역 사회와 기업이 함께 상생해 나가는 첫걸음이 시작된 것이다. 그리고 우리의 나눔은 14년이 지난 지금도 이어지고 있다.

예전 유행하던 말로 '사업과 연관된 CSR 활동'이 중심이 되고 있다.

15.
달리는 응급실, '닥터카' 후원

어느 날 울산 공장 사회공헌 관련 부서 팀장님께서 전화를 주셨다. "울산지역에 뭔가 사회공헌 프로그램으로 할 만한 게 있을까요? 매년 프로그램 찾는 게 너무 어렵네요."

나는 내년 신규 사업을 고민하던 중 본사 프로그램이 아니라 울산지역에서 할 수 있는 신규 사회공헌 프로그램을 고민하기 시작했다.

예전에 울산지역 복지단체들과 가졌던 간담회에서 나온 제안 사업들도 다시 검토해 보았고, 울산시청 홈페이지에서 시의 중점 복지 사업들도 살펴보고, 울산지역 기업들의 사회공헌 활동 내용들도 언론 기사를 통해 검색해 보았다.
그러던 중 울산닥터카 운행 중단이란 기사가 눈에 띄었다.

닥터카? 이게 뭐지? 당시 닥터헬기는 언론을 통해 알고 있었는데 닥터카는 처음 듣는 단어였다.

당시 보건복지부에서는 도서·산간 응급의료 취약지역에 발생한 응급환자의 이송을 위하여 의료장비와 전문의료진이 탑승하여 출동하는, 날아다니는 구급차 '닥터헬기'를 운영하고 있었다.

전국 7개 권역에서 운영 중이었으며, 1대 운영에 연간 30~40억 원이 소요되고 있었다.

한편, 대한민국 부대가 소말리아 해적들에게 납치된 선박을 구출하기 위해 부대를 파견하여 진행된 아덴만 여명 작전 중 총상을 입은 석해균 선장을 오만에서 한국으로 이송해 와 목숨을 살린 인물인 아주대학교병원 '이국종 교수'가 닥터헬기 사업의 추진을 강조하면서 닥터헬기가 부각되기 시작했었다.

울산지역은 중화학 공업 단지로, 사고 위험성이 높은 산업체가 많고, 이로 인해 중증외상 환자 발생률이 전국에서 제일 높다.

그러나 중공업 단지의 지리적 특성상 정부가 지원하는 닥터헬기의 운영이 어려워 울산대학교병원 울산권역외상센터에서는 2016년부터 자체적으로 국내 최초로 '닥터카'를 운영해 오고 있었다.

닥터카는 응급차에 전문의 1명과 간호사가 탑승하여 소방과 협력을 통해 중증외상환자 발생 시 현장에서 심폐소생술, 동맥관모니터링, 중심정맥관 삽입, 고위험약물투여, 수혈 등 긴급한 의료적 조처를 하면서 권역외상센터로 직접 이송하거나 사고 현장에서 1차로 이송된 인근 병원에서 치료가 어려운 환자의 경우 닥터카가 해당 환자를 권역외상센터로 이송하는 역할을 수행한다.

당시 연간 약 50회 정도 출동하였으며, 사망 가능성이 매우 높은 초

중증 외상환자의 비율이 일반 이송 대비 4배로 높은 비율을 차지하고 있었으며, 실제 사망률은 일반 이송 대비 2배 수준에 그쳐 사업의 실효성이 높게 평가되고 있었다.

울산대병원에서 자체 운영 당시 연간 약 2억 원의 비용이 소요되고 있었고, 병원에서는 운영 예산 문제로 울산시에 도움을 요청했으나 지원받지 못하고 결국 운영을 중단하게 되었다.

나는 이런 상황들을 파악한 후 앞으로 어떻게 진행해야 할지 고민했다.

가장 먼저 울산 현장에 가서 사람들을 만나고 이야기해야 했다.
그래서 내가 아는 의료사회복지사분을 통해 울산대병원 의료사회사업실 사회복지사를 소개받아 연락했다.

에쓰오일 본사 사회공헌 담당자인데 제가 울산 닥터카가 운행 중단 위기에 있다는 기사를 인터넷에서 보고, 저희 에쓰오일 사회공헌 후원 사업으로 한번 검토해 보려고 하는데 병원 닥터카 관계자를 만나게 해줄 수 있는지를 요청했다.

당시 울산대병원 의료사회복지사분께서 흔쾌히 협조해 주셔서 첫 만남을 가질 수 있었다. 울산으로 내려가 울산대병원을 방문하여 관계자들과 만나 전반적인 닥터카 운영 상황에 대해 설명을 듣는 시간을 가졌고 여러 가지 문제 상황들도 인식할 수 있었다. 특히, 우리 회사가 울산대병원에 후원하는 것만으로는 해결될 문제가 아니라 사업이 지속되기 위해서는 울산시 차원의 참여가 필요한 사항이었다.

그래서 울산 공장 관련 부서의 협조를 받아 울산시청 관련 부서 방문일정을 잡고 울산으로 다시 내려갔다. 우리 회사 그리고 울산대병원 관계자, 그리고 울산시청 관련 부서 관계자 이렇게 3개 기관의 미팅 시간이었으며, 우리 회사가 후원에 참여할 경우 울산시에서는 어떤 지원을 해줄 수 있는지에 대해 질의하였다. 시에서는 사업 추진에 대해 긍정적이었으나 시의 예산 지원에 대해서는 부담스럽게 생각하고 있었다.

그래서 일단은 3자 협약을 시작으로 하고 추후 사업 진행 상황을 점검한 후 시 차원의 예산 지원도 고려하는 것으로 일단락 짓고 사업을 추진하는 것으로 결정하였다.

이후 신규 사업 계획서를 만들어 기부위원회의 심의를 거쳐 최종 CEO 승인을 받고 2019년 신규 사업으로 확정되어 추진하게 되었다.

2019년 4월 30일, 울산시청에서 에쓰오일, 울산시, 울산대학교병원 대표자 참석하에 3개 기관이 후원 협약을 체결하면서 시작되었다.

처음에는 우리 회사에서는 1억 원을 후원하였고, 이후 울산시에서도 6천만 원을 보태 울산대학교병원에서 안정적으로 닥터카를 운영할 수 있도록 지원체계를 마련하였다.

이를 계기로 중단되었던 닥터카의 운행이 재개되어 오늘도 24시간 출동 대기 중이다. 한 번의 출동으로 죽음의 문턱에 이른 환자를 살려내는 닥터카의 활약은 계속되고 있다.

16.
절망 속 희망의 손길
'저소득가정 화재피해복구지원'

어느 날 복지단체에서 근무하는 선배로부터 연락이 왔다.

저소득가정에 화재가 발생하면 사람도 다치지만 거주 공간을 잃게 되는 안타까운 사연들이 많다는 것이었다. 보통 월세나 적은 돈의 전세로 거주하다 보니 보증금으로 변상한 후 거주지에서 쫓겨나고 만다는 것이다.

우리 회사가 소방 관련 사회공헌사업을 하고 있으니 신규 후원 프로그램으로 하면 어떨지 제안이 왔다.

후원이 필요한 상황임은 이해되었으나, 자칫 불로 인한 화재와 이로 인한 인적·물적 피해와 연관되어 정유사에 대한 부정적 인식이 생길지도 모른다는 염려가 조금 있었다.

그렇게 그 이야기는 잊고 있었다.

그 후, 2년 정도 지난 어느 날, 나는 내년도 새로운 사업을 기획해야 하는 업무 중 예전에 받은 제안서들을 다시 쭉 살펴보다가 그때 선배가 이야기했던 일이 기억났다.

　그때 받아둔 제안서를 다시 살펴보고 고민하며 그림을 그려봤다. 우리 회사가 후원하게 되면 어떻게 진행이 될지 그리고 어떤 홍보 효과가 있을지 생각하지 않을 수 없었다. 최초 사업 제안을 받았을 때의 부정적 염려보다는 긍정적인 측면에서 접근을 하기 시작했다.

　먼저 화재 피해를 당한 저소득가정에 대한 도움이 전무한 실정으로, 회사가 사회공헌 프로그램으로 접근하는 데는 이견이 없었다.

　또한 우리 회사가 소방청과 소방영웅지킴이 사업을 오랫동안 해오고 있으므로 서울소방재난본부와의 새로운 사회공헌 활동을 펼칠 수 있는 기회가 되었다.

　그리고 화재피해 가정 복구 작업 시 직원들이 자원봉사로 참여할 수 있는 기회를 만들 수 있어 의미를 더할 수 있다는 생각이 들었다.

　그렇게 2년 전에 받은 제안을 다시 검토하고 내부 보고서를 만들어 신규 프로그램으로 승인받을 수 있게 되었다. 예기치 못한 화재로 삶의 터전과 희망마저 잃은 저소득가정의 주택복구 지원을 통해 가정의 안정적인 삶의 터전과 의지를 복원하는 사업을 시작하게 되었다.

　이 사업은 2010년 3월 17일 우리 회사와 서울특별시사회복지협의회, 서울소방재난본부 3자 간 협약으로 시작했다. 협약서에는 화재피해복구사업 공동 운영 및 활성화 방안 협력, 화재피해복구사업 지원 및 신규 지원시책 발굴, 우선 지원 대상자 공동 심의 및 지원 정도

협의 등으로 구성되어 있다.

우리 회사는 후원과 자원봉사를 담당하고 있다. 연중 지속 사업으로 예산 소진 상황을 고려하여 사업이 지속될 수 있도록 추가 예산을 편성하고, 사례 가정에 대한 직원 자원봉사활동을 진행했다.

서울특별시사회복지협의회는 사업을 주관하여 기부금 전달식 개최, 선정심사위원회 운영, 현장 실사, 주택복구 시행 및 입주식 진행 등의 업무를 맡고 있다. 또한 서울지역 주민센터, 복지관 등에 사업 안내 홍보를 통해 화재피해 가정 발생 시 신속한 지원 신청이 이루어질 수 있도록 홍보하고 있다.

서울소방재난본부는 서울 각 25개 소방서에 이 사업을 안내하고 현장 소방서로부터 사례를 추천받아 서울시사회복지협의회에 제출한다. 또한 사례 지원 선정 시 화재 피해가정의 폐기물 제거 업무도 지원하고 있다.

저소득가정화재피해복구지원 사업은 다음과 같이 진행된다.
먼저 화재가 발생하면 관할 소방서에서 화재를 진압하고 그 과정에서 피해 가정이 경제적으로 어려운 가정임이 확인되면 관련 내용을 조사하여 서울소방재난본부에 지원신청서를 제출한다.

서울소방재난본부에서는 해당 내용을 확인하고 서울시사회복지협의회에 지원 대상자를 추천하게 된다.

이를 접수한 서울시사회복지협의회는 지원 대상 여부를 검토한 후

심사 운영위원회를 구성하여 대상자를 심사한다.

심사 진행 전 집수리 관계자들과 함께 현장 실사를 통해 견적을 산출하고 해당 내용을 바탕으로 심사 운영위원회를 개최한다. 운영위원회는 후원처인 우리 회사 담당자, 서울소방재난본부 담당자, 소방서 담당자, 서울시사회복지협의회 담당자가 참석하여 진행한다.

심사운영위원회를 통해 선정된 사례에 대해서는 화재피해 복구 후 최소 3년 거주 보장에 대한 주인의 동의를 전제로 사업을 진행한다.

피해가정에 남아 있는 폐기물들에 대해서는 소방서에서 관할 구청의 협조와 의용소방대 대원들의 참여로 폐기물 처리 작업을 진행한다.

이후 집수리 업체에서 도배, 장판, 타일, 전기, 싱크대 등 화재 피해를 입은 집 내부 인테리어에 대해 수리를 진행한다.

처음 화재 피해를 시작으로 약 1달간의 준비와 작업 이후 집수리가 종료되면 입주식을 시작으로 가구원들이 새로 고쳐진 집에 입주하여 거주를 시작한다.

집수리 지원 대상으로 선정된 가정은 화재 발생 후 입주까지 외부 숙박업소에 머물 수 있도록 지원하고 있다. 주민센터의 긴급지원이나 사업비에서 일부 지원하고 있다.

입주식에는 관할 소방서 관계자들과 의용소방대원, 적십자, 주민센터 관계자 등 후원에 동참한 많은 분이 함께 참여해 축하의 시간을 갖는다.

저소득가정화재피해복구지원 사업은 2010년 시작하여 2024년까지 15년 동안 진행되고 있으며, 누적 후원금은 총 7억 원에 이르며, 복구 지원을 받은 가구는 총 96가정에 이른다.

저소득가정화재피해복구지원 사업은 민, 관, 기업 3자가 협력하는 사회공헌 성공 모델로 인정받고 있고 우리 회사만의 차별화된 사회공헌 사업으로 자리매김하고 있다.

또한 2023년 경기소방재난본부의 제안으로 경기도사회복지협의회의 주관으로 본 사업을 경기지역까지 확대하여 시범 실시하고 있다.

경기도에서는 「화재피해주민 지원에 관한 조례」를 통해 피해 주민들을 신속히 도울 수 있는 체계를 만들었다.

우리 회사는 서울지역 시민들의 안전한 주거 복지를 위해 기여한 공로로 2013년 서울시장 표창을 받은 바 있다.

가정에서는 전기적 요인이나 가스 불, 담뱃불, 양초 불 등 다양한 요인들로 인해 화재가 발생한다. 요즘은 화재보험에 가입된 주택들이 많아 그나마 피해 복구가 수월해졌지만, 세입자 입장에서는 여전히 불안할 수밖에 없다. 화재를 예방할 수 있다면 더욱 좋겠지만, 아무도 모르는 사이에 또는 잠깐의 실수로 온전한 삶의 공간을 잃어버리게 되는 것이다.

누구의 잘잘 못을 탓하기 전에 생명의 존엄과 안전한 주거 보장이라는 원초적인 문제가 해결될 수 있도록 지원해야 한다.

  사업을 주관하는 서울특별시사회복지협의회의 노력으로 최근에는 우리 회사의 후원뿐만 아니라 주민센터의 긴급지원과 지역 복지관의 결연 후원, 지역 새마을 부녀회 분들의 봉사 등 지역 사회 많은 이웃이 어려운 이웃을 돕는 데 동참하고 있다.

  저소득가정화재피해복구지원 사업은 지역 사회 나눔 생태계의 건전한 성장과 발전의 모델이 될 것이다.

17.
람사르습지
"고양 장항습지보호캠페인"

회사 사회공헌 프로그램 중 환경 분야에 대한 중요성은 항상 논의되고 있지만 실질적인 프로그램을 기획하고 실행하기는 쉽지 않다.

2008년 시작한 천연기념물지킴이 캠페인도 10년 넘게 지속하고 있지만 규모를 키우지 못하는 실정이었다. 프로그램 시행에 한계가 있고 매년 3억 원 정도의 예산이 들어가는 프로그램을 확대하기는 쉽지 않기에 새로운 프로그램의 개발이 필요했다.

매년 연간 계획된 사회공헌 프로그램들을 연중 일정에 맞춰 시행하지만 항상 새로운 프로그램을 기획해야 하는 부담감을 안고 있다.

2020년 가을도 바쁜 행사 일정 속에서도 새로운 환경 관련 프로그램을 찾고 있었다. 시행 중인 천연기념물과 다른 분야를 찾아야 했다. 하지만 간접이거나 캠페인 성이 아닌, 실질적으로 환경에 긍정적 영향을 미칠 수 있는 사업을 기획해야 했다.

환경부 홈페이지에서 보도자료도 검색해 보고 정책 자료도 다운로드하여 내용을 살펴보았다. 인터넷으로 환경 관련 사회공헌 활동들도 검색해 보고 다른 기업의 지속가능 보고서에 환경 관련 사회공헌 활동들이 어떻게 진행되고 있는지 찾아보기도 했다.

지속가능 경영이나 사회공헌을 하면서 가장 익숙하게 듣는 것 중 하나가 'UN SDGs(Sustainable Development Goals)', 즉 UN 지속가능발전목표이다. 2015년 제17차 UN총회에서 발표되었으며, 2030년까지 달성하기로 결의한 의제의 17개 목표로 구성되어 있다.

그중 15번째 목표가 'Life and Land'이다. 이것은 육상생태계의 지속가능한 보호·복원·증진, 숲의 지속가능한 관리, 사막화 방지, 토지 황폐화의 중지와 회복, 생물다양성 보전을 의미한다.

우리 회사의 기존 천연기념물지킴이 캠페인은 여기서 말하는 생물다양성 보전에 실질적으로 기여하는 프로그램이다.

생물다양성이란 유전적 다양성, 종 다양성, 생태계 다양성 등을 의미하며, 이러한 생물다양성을 대표하는 곳으로 습지 생태계의 다양성을 들 수 있었다.

그래서 나는 환경지킴이 신규 프로그램으로 습지 보호 활동을 기획하기 시작했다.

몇 해 전 울산 공장의 신규 환경 관련 사회공헌 프로그램으로 울산 지역에서 람사르습지로 등록되어 있는 정족산 '무제치 늪' 보호 활동을 기획하고 현장답사도 하였으나 2007년 람사르습지 등록 이후 시간이 흐르다 보니 울산시와 낙동강환경청의 무관심으로 사업을 기획하지 못한 경험이 있어 신중하게 접근해야 했다.

그렇게 습지 보호 아이템을 찾기 위해 인터넷을 검색하다 우연히 '장항습지'라는 곳을 찾게 되었다.

> 장항습지는 2006년 환경부 습지보호지역으로 지정된 곳으로 서울외곽순환고속도로 김포대교 아래 신곡수중보에서 일산대교까지 신평동·장항동·법곳동 등 한강하구를 따라 약 7.6km에 걸쳐 있다.

> 강 하구가 둑으로 막혀있지 않아 강물과 바닷물이 만나는 기수역 생태계를 형성하고 있으며 오랜 세월 민간인의 출입이 통제되고 있어 많은 동식물이 서식하고 있다.

> 장항습지는 대륙 사이를 이동하는 물새의 중간기착지로, 매년 3만여 마리의 새들이 도래하고 있으며, 재두루미를 비롯한 천연기념물과 멸종위기동물들을 포함해 1천 종 이상의 생명체가 서식하고 있다(출처 : 고양시).

장항습지는 한강유역환경청의 담당 지역으로, 고양시 환경정책과도 함께 보호 업무를 담당하고 있었다. 그래서 먼저 고양시청 환경정책과 습지보호팀 관계자를 만나러 갔다. 그동안 내가 기획하고 진행해 온 천연기념물지킴이 사업 현황 소개 자료도 가지고 갔다.

에쓰오일이란 회사에서 장항습지 관련 사회공헌 사업을 하겠다고 하니 관계자분들이 의아해하는 반응이었다. 그래서 기존 활동 성과를 설명하고 단순 일회성이 아닌 진정성 있고 지속가능한 새로운 환경보호 활동에 참여하고자 하는 계획을 설명드렸다. 내부적으로 논의 후 연락을 주겠다는 답변을 받고 사무실로 돌아왔다.

그렇게 며칠이 지나고 나는 한강유역환경청 자연환경과 담당자를 만나러 갔다. 지난번 고양시 방문 때와 같이 기존에 하고 있던 천연기념물지킴이 사업 성과 자료를 들고 가서 설명해 드렸다. 그리고 새롭게 장항습지 보호 활동을 하고자 하는 계획을 설명드렸다.

기업이 사회공헌 활동으로 습지 보호 활동에 참여하겠다고 하니 긍정적인 반응을 보여주었다. 그리곤 고양시청 관련 부서와 협의 후 연락을 주겠다는 답변을 받고 사무실로 돌아왔다.

장항습지를 담당하는 두 개 기관을 방문하고 나의 사업계획을 설명한 후 답변을 기다리고 있었다. 어느 정도 시간이 지나서 고양시 담당자로부터 연락이 와서 3개 기관 관계자 미팅을 제안했다.

그렇게 다시 3개 기관 관계자가 만나는 자리에서 사업 취지나 계획을 설명하고 함께 장항습지를 둘러보았다. 앞으로 장항습지 보호 프로그램을 어떻게 지속해 나갈지를 좀 더 깊게 고민하는 시간을 가졌다.

결국, 사업명은 '장항습지보호캠페인'이며, 장항습지 보호 활동과 한강수달서식지 복원을 포함한 사업을 기획하였다. 생물다양성 측면에서 습지보호의 중요성도 있었지만 람사르 습지 등록을 추진 중인 장항습지의 보호 필요성도 부각하였다.

몇 달 동안의 조사와 관계 기관 미팅을 통해 수립된 계획을 2021년 신규 사회공헌 사업으로 제안하여 승인받게 되었다.

그리고 반갑게도 장항습지가 2021년 5월 21일 람사르습지로 등록되었다.

람사르습지란 물새 서식 습지대를 국제적으로 보호하기 위해 1975년 12월 이란의 카스피해 연안 람사르에서 채택된 람사르협약에 따라 람사르협회에서 지정하는 습지를 말하며, 람사르협약에는 전 세계 171개 국가가 가입해 있다.
우리나라는 1997년 대암산 용늪, 1998년 창녕 우포늪, 2007년 울산 무제치늪, 2012년 서울 밤섬을 비롯하여 총 24곳이 등록되어 있다.

올해 신규 사회공헌 사업으로 기획해서 승인받아 추진하고 있던 장항습지가 국제적으로 인정받는 람사르습지로 등록됨에 따라 내가 기획한 사업은 높은 신뢰와 인정을 받게 되었다.

그러나 기쁨도 잠시, 2021년 6월 4일 오전 9시 50분경, 장항습지에서 환경 정화 작업을 벌이던 50대 남성이 지뢰 폭발로 발목이 절단되는 사고를 당했다. 사고 책임 문제로 군, 고양시 등 여러 기관이 힘든 상황이 되어 버렸다. 또한 피해자에 대한 특별한 지원 대책도 마련되어 있지 않은 상황이었다. 그렇게 신규 사업으로 승인받아 예산도 편성하고 시행 일자만을 준비하던 중 사고로 인해 잠정 중단할 수밖에 없었다.

그리고 몇 달이 지났고 올해 이 사업이 시행되지 않으면 더 이상 사업을 끌고 가기 어렵다고 판단하고 관련 기관과 협의를 재개하였다. 우여곡절 끝에 2021년 11월 8일 우리 회사는 고양시청, 한국유역환경청과 장항습지보호캠페인 협약을 체결하게 되었다. 그렇게 나의 새로운 기획 프로그램인 '장항습지보호캠페인' 사업이 시작되었다.

장항습지 탐방로 안전로 설치 공사를 비롯해 철새 보호, 식재, 환경 정화 등 현재 시행하는 보호 활동을 지원하고 새로운 보호 활동을 진행하게 되었다. 또한 우리 회사에서 운영하는 대학생천연기념물지킴이단 연계 활동과 직원 가족들이 참여하는 습지 보호 캠프도 진행할 수 있을 것이다.

장항습지보호 활동은 그동안 지역에서 다양한 보호 활동을 진행해 온 사단법인 '에코코리아'에서 주관하여 운영하고 있다.

또한, 우리 회사는 한국수달보호협회와 함께 한강수달서식지 복원 활동을 시작하게 되었다. 협회에서 그동안 조사해 오던 한강 수계 수달 생태 조사를 장항습지가 있는 하류까지 확대하고, 조사 결과를 토대로 한강하구에서 수달 방사도 진행할 예정이다.

사업의 기획은 단순하겠지만, 지속가능성은 관련 단체들의 협조가 함께 이루어져야 한다. 한쪽의 일방적인 참여가 아닌, 상호 협력과 적극적인 참여가 사업의 성과를 만들기 때문이다.

아무런 이해관계 없이, 오직 회사의 진정성 있는 환경지킴이 분야 사회공헌 활동의 하나로 장항습지 보호 프로그램을 만들어 시행하고 있다.

이것이 젊은 미래 세대를 위한 작은 노력의 시작일 것이다.

3장

사회복지사 단상

01. 기업 사회복지사 이야기, '미생은 살아 있다'

02. 사회복지사 공공근로를 아시나요?(한국사회복지사협회 7년의 기억)

03. 환아들 덕분에 사회복지사들이 월급받고 일한다고요?(한국백혈병소아암협회 4년의 기억)

04. 사회복지사는 전문직이다(자격증, 국가시험, 보수교육, 윤리강령, 협회)

01.
기업 사회복지사 이야기,
'미생은 살아 있다'

2014년 tvN 유명한 드라마 〈미생〉이 있었다. 윤태호 작가의 웹툰 원작으로 만든 드라마로, 직장 생활을 리얼하게 표현하여 많은 회사원에게 큰 호응을 받았다. 주인공이 바둑을 인생의 전부로 생각하고 살다가 가정 환경의 어려움으로 포기하면서 생업에 뛰어들 수밖에 없는 상황이 되고, 집안의 아는 분의 소개로 대기업 인턴으로 입사하여 온갖 궂은일, 견제, 차별, 계급 사회의 냉혹한 현실 속에서도 포기하지 않고 노력과 실력으로 일하는 계약직 직장인에 대한 스토리이다.

'미생'이란 사전적 의미에서 바둑 전문용어이다. 바둑은 바둑판 가로세로 줄의 교차점에 흑백의 상대방이 돌로 에워싼 공간을 만드는 것을 목표로 하며, 이 공간을 바둑 용어로 '집'이라고 하며, '미생'은 한 집뿐인 상태를 의미한다. 두 집을 만들어야 '완생(完生)'이 되어 살아남을 수 있는 바둑판에서 불완전한 상황을 말한다. 어쩌면 인턴으로 입사하여 계약직이 되기까지의 모든 과정이 이러한 불완전한 미생의 상황을 설명한다고 볼 수 있다.

나 역시 2007년 11월, 대기업 계약직으로 입사하였고, 모든 것이 생소한 그곳에서 나의 삶은 미생의 시작이었다. 핸드폰으로 인터넷 검색이 안 되던 시기로, 새벽 6시 일산 집에서 나와 여의도까지 출근에 2시간이 넘게 걸리면서 나의 고단한 하루는 시작된다.

당시 우리 회사는 63빌딩에 자리 잡고 있었다. 여의도에서도 대중교통이 불편한 위치였다. 출근길이면 많은 사람이 엘리베이터를 타고 나는 45층 우리 부서 사무실에서 내린다. 나는 그 순간부터는 보는 모든 사람에게 인사했다. 누군지는 모르지만 우리 회사 직원일 것이니 일단 인사부터 했다.

회사의 유일한 사회복지사로서 임직원들도 봉사나 기부에 참여하는 업무라 이미지 관리가 필요했다. 다른 부서에서 문의 전화가 오면 내 일보다 전화로 요청한 업무를 먼저 확인해 주었다. 보통 직원들은 본인 일을 먼저 하고 시간 날 때 다른 직원의 요청사항을 처리하곤 한다.

책상 청소도 하고, 탕비실 정리도 하고, 누가 시켜서가 아니라 눈에 보이는 일이 있으면 나서서 했다. 봉사단 단복도 집에 가지고 가서 빨아오기도 했다. 그때 내 나이 30대 후반이었다.

내가 회사에 들어간 지 한 달도 안 된 2007년 12월 7일 충남 태안군 만리포 해수욕장 인근 해상에서 인천대교 공사에 투입됐던 해상크레인을 2척의 바지선으로 경남 거제로 예인하던 중 한 척의 바지선 와이어가 끊어지면서 해상크레인이 유조선과 충돌하여 유조선에서 기름이 유출되는 사고가 발생했다. 원유 10,900톤이 유출되어 양식업은 중단되고 인근 식당은 폐업하는 등 해당 지역에 엄청난 피해를 안겨주었다. 이 지역을 돕기 위해 전국에서 약 123만 명의 자원봉사자들이 참여하였다.

우리 회사 역시 태안 방제 봉사에 참여하게 되었다. 봉사 일정별 참여인원 배분, 차량 배차, 장화, 고무장갑, 우의 등 작업 용품 지원 등을 자원봉사란 명목으로 사회복지사인 내가 혼자 맡게 되었다. 12월 내내 연휴도 없이 63빌딩 지하 창고를 왔다 갔다 하며 물품을 챙겨주는 게 내 업무였다. 몇 달 동안 진행된 봉사는 어느 순간 중단되었다.

아이러니하게도 이 과정에서 나는 태안 현장에 가보질 못했다.

내가 입사하기 전부터 우리 회사의 어떤 사회공헌 프로그램을 운영하던 한 A라는 NGO 단체가 있었다. 회사는 그 A단체와 여러 프로그램을 2년 동안 진행해 왔고 계약기간이 종료되어 일부 사업을 다른 기관을 통해 진행하겠다고 통보하였다. 이 과정에서 A단체는 회사에 불만을 품고 장학금 전달식을 진행한 후 회사로부터 지원받았던 장학금을 대상자들에게 전달하지 않았다. 그러면서 단체 운영 후원금을 추가 후원해 달라고 요청하며 지급을 미루고 있었다. 이 과정에서 회사와 협의가 진행되지 않자 A단체는 외부 NGO 연합 단체를 통해 회사 앞뿐만 아니라 고위 임원의 자택 앞에서 시위를 벌이면서 상황이 악화되었다.

A단체 대표가 참여하는 NGO 연합 단체는 다른 유관 회사들을 상대로 시위를 주도했고 이 과정에서 한 회사로부터 후원금을 받았으나, 시위를 주도하던 A단체 대표가 후원금 횡령으로 기소되면서 시위는 중단되었고 미지급된 후원금도 대상자들에게 지급되었다.

이러한 일련의 일들이 진행되면서 해당 사회공헌 프로그램을 계속 운영해 줄 단체가 필요했고 나의 인적 네트워크를 통해 여러 단체와 협의를 하였다. 프로그램 대상자의 특성으로 일반 사회복지단체에서는 사업 운영이 어렵다며 거부하였다. 이후 한 단체를 다시 섭외하여 사업 취지를 설명하고 설득했으며, 해당 단체의 참여 결정으로 업무 협약을 시작으로 지금까지 함께하고 있다. 이 단체가 한국사회복지협의회이다.

회사가 어려운 상황에서 중요한 사회공헌 프로그램의 주관단체를 찾았고 그 과정에서 협조해 준 단체에 대한 신뢰와 감사의 마음이 바탕이 되어, 그 이후 다양한 많은 사회공헌 후원 사업을 지원해 왔으며 지금까지도 함께할 수 있는 계기가 되었다. 물론 처음 시작했던 프로그램은 지금은 자리를 잡아 대표 프로그램으로 운영되고 있고, 해당 단체도 회사 사회공헌 프로그램의 많은 부문을 함께하는 대표 파트너 단체가 되었다.

우리 회사는 2007년 사회봉사단을 창단하였으나 별다른 프로그램을 운영하지 못하고 있었다.

그래서 먼저 2008년 한국사회복지협의회와 사회봉사단 파트너십을 체결하였다. 자원봉사 참여는 물론, 임직원 기부 참여 등을 명시하여 기업의 사회공헌 활동에 함께 협력한다는 내용이었다. 이를 통해 '햇살 나눔 캠페인'을 만들었다. 여기에는 자원봉사활동하기, 급여 우수리 나누기, 1인 1 나눔 계좌 기부하기의 3가지 프로그램으로 구성하였다.

자원봉사 활성화를 위하여 서울지역 복지기관들을 찾아다니며 토요일 직원들이 봉사할 수 있는 프로그램들을 섭외하여 정기봉사 프로그램을 만들었다. 서울시 구별로 구분하여 10여 개 프로그램에 2백여 명이 연간 월 1회 자발적으로 참여하는 봉사 프로그램으로, 이를 통해 복지기관에 후원금도 지원해 주는 기회를 만들었다. 봉사활동에는 자녀를 포함한 가족들도 함께 참여할 수 있어서 직원들의 봉사 만족도도 높았다.

회사의 사회적 책임과 더불어 직원들의 참여 또한 매우 중요하다. 자원봉사 활동과 더불어 매달 급여의 기본급 중 1만 원 미만을 희귀질환 담도폐쇄증 환아 치료비로 지원하는 급여 우수리 나눔 프로그램도 만들었다. 한국사회복지협의회 나눔 사업부 새 생명지원 프로그램에 기부하는 것이다.

직원들의 자발적인 신청으로 진행되며 매달 모인 후원금은 한국사회복지협의회에 기부된다. 병원에서는 사회사업실을 통해 대상자 추천이 진행되며 한국사회복지협의회 의료비 지원 심사위원회에서 선정되면, 본사 부서별 팀장 및 직원과 함께 해당 병원을 찾아가 환아를 만나 격려하고 후원금을 전달했으며, 이런 일련의 과정들은 사내 홈페이지에 게시해서 급여 우수리 나눔에 참여하는 직원들에게 알렸다.

급여 우수리 나눔과 병행하여 1인 1 나눔 계좌 갖기도 진행하였다. 5천 원 이상 정기 기부하는 것으로, 기존 기부 활동도 포함되며, 신규자는 한국아동복지협회를 통해 조손가정 아동 결연 후원하는 것으로 진행하였다. 햇살 나눔 캠페인 프로그램은 2008년 시작되어 지금도 운영되고 있다.

멸종위기 천연기념물 지킴이 캠페인이란 환경 분야 사회공헌 프로그램을 개발하여 문화재청(현 국가유산청)과 협약을 체결하였으며, 시민영웅 시상 프로그램도 기획하여 만들었고, 발달장애인 오케스트라 후원도 연결하였다.

회사에 사회공헌 담당자로 입사하여 내가 가진 사회복지 분야의 인맥과 네트워크를 활용하여 태안 방제 봉사단 운영 관리, 사업의 지속성 확보, 사회봉사단 활성화 등 사회공헌 프로그램을 하나하나 만들어 가고 내실을 다지는 역할을 했다. 주말도 없이 노력한 결과 2년간의 계약직이 끝나고 정규직원이 되었다.

물론 나이와 경력이 고려되지 않고 사원이라는 직급과 대우를 받게 된 것은 매우 아쉬웠지만, 기업 사회공헌이란 새로운 영역에서 사회복지사로서 나의 길을 새롭게 만들어 가겠다는 신념과 자긍심으로 시작하였고 앞만 보고 달려온 시간이 어느덧 17년이 넘었다.

지금도 '미생'의 마음으로 나의 업무를 수행하고 있다. 처음처럼….

02.
사회복지사 공공근로를 아시나요?
(한국사회복지사협회 7년의 기억)

나는 대학을 졸업하기 전인 1996년 12월 한국사회복지사협회(이하 "협회")에 첫 출근을 하였다. 그때는 4학년 2학기부터 취업하는 경우가 많아 대부분 대학생이 졸업 전에 취업했다. 비상근직 회장님, 상근하는 부장님, 직원 1명, 나 이렇게 4명이었다. 여의도 월드비전 빌딩 한편에 협회 사무실이 있었다.

486 컴퓨터 2대를 두고 번갈아 가면서 워드 작업을 하고 모든 문서는 수기로 작성하여 결재를 직접 받았으며, 교수님이신 회장님은 매일 방문하셔서 협회 업무에 열심히 참여하셨다. 물론 담배를 엄청나게 피우셨고 술도 좋아하셨다.

난 매일 아침 출근해서 재떨이 청소를 했던 기억이 난다. 그때는 사무실 안에서 담배를 피우던 시절이었다.

협회는 회비로 운영된다. 당시 회원 수는 4천여 명이었지만 회비를 내는 회원은 거의 없었다. 외부 프로그램 제안을 통해 사업비에서 인건비를 충당했으며, 위원회 회의를 하면 참여하신 교수님이나 관장님들이 참가 수당을 다시 주고 가시는 경우가 다반사였다.

이렇게 열악했지만 앞으로 성장 가능성이 무궁무진할 것이라는 나만의 생각과 마음가짐으로 협회에서 나의 첫 사회복지사의 인생이 시작되었다.

협회 7년의 기억 속에 여러 일이 있었지만 무엇보다 가장 보람되었던 것은 사회복지사업법 개정을 위한 노력이었다. 세미나, 포럼 개최는 다반사였고 위원회 회의는 거의 일상이었다. 조찬 회의, 저녁 회의 등 사람으로 시작해서 사람으로 끝나는 것이 협회였다.

무엇보다 사회복지사의 열악한 상황을 개선하기 위해서는 사회복지사의 자격제도의 강화가 필요했다. 이는 곧 협회의 영향력 확대와 연결된다. 국가시험과 자격증 관리, 보수교육 이 3가지가 핵심이다.

그래서 먼저 보건복지부 소관 보건의료인 전문 단체들의 활동을 조사하였다. 대한의사협회, 대한약사협회, 대한한의사협회, 대한간호사협회, 대한물리치료사협회 등 당시엔 단체 이름도 생소하고, 얼굴도 이름도 모르는 단체 관계자에게 직접 연락한 후 일일이 방문하였다. 친절하게 설명해 준 곳도 있었고 비협조적이거나 방문 자체를 꺼리는 곳도 있었다.

나는 그렇게 몇 달간의 노력 끝에 한국사회복지사협회가 앞으로 나아가야 할 방향이라고 결심하였고 이를 실현하기 위한 구체적인 실천에 들어갔다. 각종 세미나, 포럼과 위원회 활동을 통해 법 개정(안)을 만들었고, 이를 바탕으로 국회 보건복지 위원실 방문은 기본이고, 보건복지부를 여러 차례 방문하여 보건복지부 산하 다른 보건의료인 제도를 비교하며 사회복지사 제도의 개선을 요청했다.

과천 정부청사에 들어가면 가장 먼저 출입증을 받고 보건복지부 건물로 가기 전 담배 한 대 피우는 것이 나의 루틴이었다. 그곳에는 나 말고도 많은 외부 방문자가 담배를 피우고 있었다. 오늘은 담당자를 볼 수 있을지, 오늘은 어떻게 이야기해야 할지, 오늘은 어떻게 답변을 들을지, 지루하면서도 답답한 싸움의 연속이었기에 들어갈 때 끝나고 나올 때의 담배 한 대가 나의 긴장을 풀어주는 유일한 도구였다. 물론 지금은 금연한 지 15년이 넘었으니 옛 추억일 뿐이다.

복지부 담당자를 만나 정책 제안 등 여러 가지 의견을 나누는 게 일상이었고, 기다리다 못 만나고 돌아오는 경우도 많았다. 로비와 복도를 서성이며 무작정 누군가를 기다리는 것은 참 고되고 힘든 시간이었다.

협회에서 업무를 하면서 보건복지부 여러 담당자를 만났었고 그중에서도 특히 사회복지 분야에 대해 관심과 도움을 주려고 노력해 주시던 한 분이 있었다. 그분의 이해와 협조가 있었기에 사회복지사업법 개정으로 사회복지사 국가시험, 자격증 업무 개선, 보수교육 제도가 실현될 수 있었다.

한동안 협회를 떠나서 다른 복지 분야에 일하다가 잊고 있었는데 최근 보건복지부 정책 관련 방송 브리핑에 그분이 나오셔서 반가웠다. 물론 사적인 관계는 없고, 난 협회 과장이었고 그분은 복지정책과 담당 사무관이셨으니 많이 어렵고 불편한 관계였다.

하지만 항상 긍정적이고 적극적으로 우리의 이야기를 들어주셨고 변화를 위해 함께 고민해 주시고 노력해 주셨다. 그때는 우리만 생각하고 잊고 있었는데 지금 생각해 보니 감사 인사 한번 제대로 못 했던 것 같다. 사회복지사 제도 발전을 위해 힘써주신 그분께 깊은 존경과 감사의 말씀을 드리고 싶다.

그렇게 2년여 작업 끝에 사회복지사업법의 개정을 이끌었다. 사회복지사 국가시험제도 마련, 사회복지사 자격증을 한국사회복지협의회에서 한국사회복지사협회로 이관, 이렇게 두 가지 과업이 완성되었다.

국가시험을 협회가 직접 주관하기에는 여러 가지 고려해야 할 사항들이 많아 처음에는 국시원과 협력하여 국가시험을 시행하였다. 이후 시험을 직접 주관하는 것에 대해 보건복지부에서 부담을 느껴 다른 보건의료인처럼 사회복지사 국가시험도 국시원에서 시행하게 되었다. 그 과정에서 협회에 근무하던 담당 직원이 국시원으로 이직하는 기회를 얻기도 했고 지금도 그곳에서 잘 지내고 있는 것으로 안다.

사회복지사 자격증 업무는 한국사회복지협의회에서 기존에 수행하고 있었다. 법 개정으로 발급 업무 위탁기관이 협회로 이관되면서 일정에 따라 트럭을 빌려 마포 삼창빌딩 앞으로 가서 협의회에 있는 사회복지사 자격증 관련 각종 서류를 모두 트럭에 실어 여의도 월드비전 빌딩에 있는 한국사회복지사협회로 옮겼다.

그때는 그 많은 서류를 어디에 두어야 할지가 더 걱정이어서 협회 단칸 사무실 테두리를 철제 캐비닛으로 둘러야 할 정도였다. 그런데 지금 생각해 보면 그날이 어쩌면 한국사회복지사협회 발전의 첫 시작이었던 것 같다.

물론, 한국사회복지협의회에서 자격증 발급 업무 이관에 대해 불편해했지만 사회복지사를 위하는 길이라 부정적인 시각은 어쩔 수 없었다. 물론 지금은 협의회가 본연의 역할을 다하기 위해 노력하고 있고 규모도 엄청나게 커졌으니 다행이다.

처음에는 한국사회복지사협회에서만 자격증이 발급되었고 신규 신청자들에게 회비 납부도 독려하며 회비도 직접 받았다. 그러다 보니 업무적으로도 과부하가 났고 회비를 중앙에서 받는 것에 대해 열악한 상황에 있던 지회들의 반발이 있었다.

원래 전국의 회원들은 한국사회복지사협회 중앙협회로 회비를 납부하는 것으로 정관 규정에 명시되어 있었다. 지회는 물론, 중앙도 직원 급여도 제대로 못 주던 상황이다 보니 어쩔 수 없던 시기였고, 그래서 지회 담당자들은 주로 회장이 일하는 기관 담당자가 업무를 같이 봐주는 경우가 대부분이었다.

결국 중앙협회에서 전국의 모든 자격증 신청 서류를 받는 행정적인 어려움을 개선하고자 각 지방협회를 통해 서류를 접수하는 것으로 변경하였고, 이 과정에서 지방협회에서는 자격증 발급을 신청하는 예비 사회복지사를 대상으로 회비 납부를 요청할 수밖에 없었다. 이렇듯 반강제적인 회비 납부 문제도 불거져 보건복지부에 민원이 제기되기도 했다. 이래저래 참 부끄러운 현실이었다.

이렇게 조직적 한계의 탈출구가 생기다 보니 여러 이해충돌 문제가 생겼다. 이에 당시 함께 근무하던 사무총장의 제안으로 중앙은 자격증 발급비를 받아 운영하고, 중앙협회에서 받던 회비를 지방협회에서 직접 받도록 권한을 지회로 넘겨주었다. 그래서 해당 지역 사회복지사들이 납부한 회비가 해당 지역 협회를 통해 해당 지역 사회복지사들을 위해 사용될 수 있도록 개선한 것이다.

이 전환점은 지금의 지방 사회복지사협회 발전의 시작점이 되었다. 졸업생이 수천 명씩 많이 나오는 지회는 수억 원의 수익이 생기기 시작하면서 점점 규모가 확대되었다. 물론 지역적 편차가 컸으며 그러한 상황은 지금도 비슷한 듯하다.

당시에는 협회가 회원들과 소통할 수 있는 창구가 유선 전화 이외에는 아무것도 없었다. 그래서 당시 사회복지를 전공하시고 중앙일보 기자 출신이며 전문위원으로 활동하시던 분을 홍보출판위원장으로 모시고 그분의 제안으로 월간지를 만들게 되었다. '사회복지사 회보'였다.

첫 창간호를 시작으로 1년여 만들다가, 이후 '복지사회 2000'이란 계간지로 변경했고, 이후 'Social Worker' 월간지로 변경되어 지금도 발간되고 있다.

당시 회보는 4~8면 정도의 신문 형태로 매달 기획안을 만들어 기초 자료를 모아 주제와 대략적인 내용들을 작성해 두면 매주 시간 되실 때마다 퇴근 후 오셔서 컴퓨터 앞에 앉아 회보 기사 편집 작업을 해주셨다. 시간이 늦을수록 거의 졸음을 참아가며 새벽까지 작업을 해주신 경우가 많았다. 난 그 옆에 앉아서 함께 이야기하고, 수정하고, 기사를 만들어 갔다. 밤 아니 새벽에 귀가하는 게 다반사였다. 협회가 교통비나 수고비를 드릴 재정적 여력도 없었고 저녁 식사 한번 제대로 대접해 드리지 못했던 것 같다.

이러한 회보 출간 이외에도 당시 협회의 어려움을 알고 사회사업 대학생 정보화 캠프를 운영하시던 사회복지 정보원 한덕연 원장님께서 본인이 개설하여 수년간 운영해 오던 사회복지포털 사이트 welfare.net의 운영권을 협회에 무상으로 기증해 주셨다. 그래서 한국사회복지사협회는 2000년 처음으로 인터넷 사이트를 운영하게 되었다.

협회 창립 33년 만의 첫 시작이었다. 지금 생각해 보면 참 대단한 일이었는데 기증해 주신 분께 협회에서 제대로 감사를 표시하지 못했던 것이 매우 아쉽기도 하다. 이러한 관심과 도움으로 사이트가 시작되어 이후 이를 개정하여 한국사회복지사협회 홈페이지도 새로 만들게 되었다. 소통의 시대에 첫 소통의 창구를 만들어 주셨던 원장님께 감사드리고 싶다.

한편, 1997년 IMF 이후 사회복지계도 취업난을 겪을 수밖에 없었다. 대학에서는 많은 사회복지사가 쏟아져 나오는데 정작 취업할 곳이 없었다. 이렇게 사회복지사 취업난의 일시적 해결을 위하여 사회복지사 재가복지 공공근로라는 사업을 복지부로부터 위탁받아 시행했었다.

실업 상태에 있는 사회복지사에게 최소의 인건비를 지원해서 복지기관에 일정 기간 종사하게 해주는 것이다. 한두 해 진행되었던 것 같다. 물론 사회 전반적으로 어려웠던 시기인 만큼 당시의 사회상을 반영한다고 볼 수 있을 것이다.

한국사회복지사협회에 근무하면서 한때는 집 밖에서 자는 게 더 많은 해도 있었고, 탄천 주차장에서 중앙일보 벼룩시장에 참여하여 매주 토요일 새벽부터 저녁까지 1년 동안 바자회에 참여한 일도 있었고, 자격증 발급 과정에서 외국 대학의 국내 비인가 사이버 대학 자격증 불법 취득으로 TV 뉴스에 인터뷰한 적도 있었다.

협회 창립 30주년 기념행사를 최초로 잠실 역도경기장에서 개최하는 것을 준비하는 와중에 부친상을 겪었고 회장님의 부탁으로 4일 만에 출근해서 행사 업무를 수행한 적도 있었고, 공동모금회가 설립되기 전 설립을 위한 세미나 개최를 지원해 준 적도 있었으며, 국내 최초로 전국 사회복지사 실태조사 사업을 수행한 적도 있었다.

특히, 삼성 복지재단과 함께 만든 사회복지사 해외연수 프로그램은 지금도 사회복지사들에게 큰 인기를 얻고 있다. 물론 삼성의 지속적인 후원이 있었기에 가능했을 것이다. 내가 처음 만든 프로그램이지만 나 역시 아직 한 번도 참여하지 못해 아쉽기도 하다.

뒷이야기지만 삼성 복지재단과 사회복지사 해외연수 사업을 시행할 당시 LG에서도 유사한 사회복지사 해외연수 프로그램을 같이 만들자는 적극적인 제안이 왔다. 하지만 삼성의 반대로 진행할 수 없었던 아쉬움도 있었다.

처음 3명에서 근무하던 한국사회복지사협회에 10여 명이 근무하는 등 조금씩 성장해 갔지만 아직도 해결해야 할 사회복지 분야의 많은 정책적 제도적 문제들은 산적해 있었다. 나는 이러한 지루한 싸움에 지쳐 결국 '번아웃' 된 몸과 마음을 되찾고자 이직을 결정할 수밖에 없었다. 이직을 위해 1년여 동안 협회의 장기적인 발전 방안을 만들어 직원들과 수시로 공유하였다. 그러면서 업무를 정리하고 직원들이 각자의 업무를 책임 있게 수행할 수 있도록 조정하였다.

나의 청춘과 함께한 어렵고 힘들었던 7년이란 시간 동안 우리나라 사회복지사를 위해서, 그리고 사회복지 분야의 정책과 제도 발전을 위해 일해 왔으니, 이제는 사회복지사로서 어려운 이웃을 위해 일하며 보람을 느끼고 싶었다. 그렇게 준비한 끝에 2004년 3월 한국백혈병소아암협회로 이직하였다.

이렇게 나의 새로운 사회복지사로서의 또 다른 인생이 시작된다.

이 내용은 20여 년 전 나의 기억을 더듬은 이야기로, 지금도 사회복지사를 위해 열심히 일하는 한국사회복지사협회 동료 사회복지사분들께 깊은 감사를 드리며, 나 또한 평생회원으로 가입하여 회원의 의무를 다하고 있다.

03.
환아들 덕분에 사회복지사들이
월급 받고 일한다고요?
(한국백혈병소아암협회 4년의 기억)

한국사회복지사협회에서 7년간 근무를 마치고 쉬는 기간 없이 바로 다음 주 월요일 2004년 3월 한국백혈병소아암협회(이하 "협회")로 처음 출근하였다.

같은 여의도라 생소하지는 않았으나 새로운 기관에서 새로운 사람들과 일한다는 설렘으로 첫 출근을 하였다. 당시 국회의원이 회장이었고, 자녀도 백혈병 소아암을 앓았고 처음 단체를 만드는 데 주도적으로 노력해 오신 어머님이 상근부회장으로 계셨으며, 직원은 4명 정도였던 걸로 기억난다.

협회는 여의도 KBS 본관 인근 건물에 있었고, 기존에 사무실을 쓰던 업체가 어디인지는 모르겠지만 사무공간이 칸칸이 구분되어 있었다. 그리고 한 공간에는 각종 짐들이 쌓여있었다.

내가 제일 먼저 한 것은 2000년 설립 이후부터 내 첫 출근 전까지 작성된 모든 서류를 챙겨본 것이다. 사업 내용은 물론, 회계 서류와 증빙 내용까지 협회에 보관되고 있던 모든 서류를 살펴보았다. 지출 영수증이나 세금계산서가 제대로 증빙되어 있지 않은 경우도 있고,

지급 처리가 불분명한 경우도 있었고, 회의록이 날인이 제대로 되지 않은 경우도 있었다. 행정 업무 미흡으로 인지하지 못하고 있었던 내용들로 다시 보완할 수 있어서 다행이었다.

생긴 지 몇 해 안 되다 보니 여러 가지 행정적으로 챙겨 놓지 못한 부분들이 있었다. 하나하나 담당자와 체크해 가며 보완해 놓았다. 몇 달 동안 서류 확인을 거쳐 협회의 설립 과정과 4년간의 운영 내용을 자세히 살펴볼 수 있었다. 이를 통해 앞으로 내가 협회 발전을 위해 어떤 역할을 해야 할지 고민할 수 있는 시간이었다.

한편으로 당시는 한여름이었는데 나는 며칠 동안 하루 내내 사무실 한 공간을 꽉 채운 창고에 처박혀서 물건들을 정리하였다. 바자회를 한다고 여기저기서 사놓고 팔지 못한 물건들이 많았다. 웬만한 것들은 다 버리고 다시 정리하여 작은 사무공간으로 만들었다.

이렇게 시작된 나의 협회 근무는 환아들을 만나고 치료비를 후원하면서 사회복지사로서 보람과 자부심을 느끼며, 협회의 성장을 위해 직원과 함께 부단히 노력했었다.

멀리 지방에서 치료를 위해 올라오는 환아들의 경우 병실에 입원할 수 없는 경우가 많아 개인적으로 모텔에서 며칠씩을 지내다 가는 어려움이 있어 이들을 위한 무료 숙박시설로 '사랑의 보금자리'란 이름으로 3개소를 추가 개소하였으며, 행정자치부 민간단체 사업 공모 지원을 받아 백혈병 소아암 완치자들로 구성된로 희망천사단을 구성하였고, 희망천사단원과 병원 의료사회복지사가 함께 사막 마라톤에 참여하는 프로그램도 진행했었다. 사막 마라톤은 방송국과 연계된 프로덕션을 통해 TV 방송되는 것을 고려하고 진행했었는데 프로덕션의 능력 부족으로 진행되지 못하고 계약금의 일부만 반환받았던 기억이 있다.

그리고 당시 금강산 관광이 시작되면서 백혈병 소아암 완치 청소년들로 구성된 희망천사 단원들을 대상으로 금강산 관광 프로그램도 진행했었다. 당시 나도 금강산 관광에 참여하고 싶었지만 어쩔 수 없이 다른 직원들을 보낸 것이 아쉬웠다.

당시에는 백혈병 소아암 환아들을 후원하려고 하는 기업이나 개인들이 많았다. 그러다 보니 여러 알 수 없는 단체들이 생겨났고 모금에 혈안이 되어 있었다.

우리 협회가 처음부터 진행해 오던 프로그램 중의 하나가 천사의 날 행사였다. 매년 10월 4일을 숫자 1004를 의미하는 천사의 날로 명칭을 붙여 매년 행사를 진행해 오고 있었는데 여러 단체가 천사의 날이란 이름으로 후원 모금 활동을 하는 경우가 많았다. 특히 불특정한 다수에게 모금하고 후원금이 어떻게 사용되는지 알 수 없는 단체들도 있었다.

그래서 우리가 가지고 있는 여러 명칭의 상표권 등록을 진행했다. 결국 천사의 날, 희망천사단, 희망다미 등 여러 명칭에 대한 상표권을 등록하고 보유하게 되었고, 선의의 모금 활동은 필요하나 이를 악용하는 경우 이에 대한 책임을 물을 수 있는 근거를 마련하였다.

한 번은 강원도 춘천의 한 택시 기사로부터 사무실로 전화가 왔었다. 어젯밤 누군가 택시를 타고 내렸는데 돈이 없다며 명함을 주고 갔는데 연락이 안 된다는 것이었다. 그런데 왜 협회로 전화를 하셨는지 물어보니 명함이 한국백혈병소아암협회로 되어 있어서 전화를 하셨다고 했다. 나는 누군가 협회 이름을 도용하는지 확인하기 위해 협회 승합차를 몰고 바로 춘천으로 갔다.

택시기사분을 만나 명함을 확인했다. 정말로 한국백혈병소아암협회로 되어 있었고 상임부회장 000이라고 이름과 연락처가 적혀있었다. 해당 주소지를 찾아갔지만 아무것도 없었고 전화번호도 먹통이었다. 경찰에 신고하기도 애매하여 그냥 돌아온 경우도 있었다.

사무실에서 예전 서류들을 찾아보니 몇 해 전 강원도에서 후원 바자회를 하면서 연결된 사람인 듯한데 그때 당시 명함을 만들어 주었고 그걸 가지고 다니면서 사용한 것이었다.

어느 날은 한 지부의 퇴직한 직원이 해당 지부 사무국장을 고소하는 사건이 발생했고, 그 과정에서 후원금 처리가 제대로 안 되고 있다는 제보를 받았다. 경찰 신고를 보류하고 내부 처리를 위해 사무국장의 퇴직을 받아들였고 해당 사무실을 방문했다. 사무실 서랍에는 현금 뭉치가 다발로 보관되어 있었다. 학교에서 저금통 모금한 금액을 현금으로 바꾸고 은행 계좌에 입금하지 않고 수개월간 보관하고 있었던 것이다.

후원금 횡령 사고로 인지할 수밖에 없는 상황이었다. 회계직원에게 바로 은행 입금을 지시하고 관계자들에게 경위서를 받고 마무리했던 기억이 있다.

당시엔 부산 출신 국회의원이 협회 회장으로 계셨다. 부산 지역 보호자들이 환아들을 위한 후원활동을 제일 먼저 시작하면서 단체를 만들게 되었고 이 과정에서 부산 지역 국회의원분께 회장직을 요청한듯했다.

그러나 협회가 여러 내홍을 겪으며 논란들이 일자 회장직을 그만두었다.

이를 알고 협회 설립 초기부터 수억 원을 기부해 오던 한 기업복지재단이 갑자기 후원을 중단하는 상황이 생겼다. 해당 기업재단의 이사로 있던 교수님을 통해 부탁도 하고 직접 방문하여 하소연도 했지만 결국 후원이 끊겼다. 국회의원과의 연결 고리가 이제 없다 보니 해당 기업은 후원해야 할 이유가 없었다.

어쩔 수 없는 상황이었지만 사회복지사로서 여러 생각들을 하게 된 사건이었다.

사단법인은 회원들로 구성된 대의원총회가 최고 의사결정 조직이고, 매년 정기적으로 전년도 사업보고와 결산, 차기 연도 사업계획 및 예산을 보고하고 승인을 받는다.

항상 이 과정에서 사무국 운영비에 대한 문제 제기가 있있다, 그렇다고 사무국이 다른 복지기관들보다 급여가 높거나 방만하게 운영하는 것도 아닌데 몇 퍼센트라는 알 수 없는 기준으로 항상 문제를 제기했다.

그러면서 결국 이런 말까지 나왔다.

"직원들은 환아들이 있기에 후원금으로 월급받고 일하는 거 아니냐?"

충격이었고 기분이 많이 상했었다.

사회복지사로서 긍지와 자부심으로 환아들을 위해 외부 후원을 받아 지원해 주고 있었는데 보호자들은 거꾸로 환아들이 있기에 직원들이 월급받고 일한다고 생각하고 있었다. 어처구니가 없었고 나의 사회복지사로서의 자긍심이 무너졌다.

내가 그동안 협회를 위해 했던 모든 일들이 부질없다는 생각과 함께 이제 이 조직을 떠나야겠다고 결심했다. 협회가 후원이 많아지면서 자리에 욕심을 가진 사람들이 많아지고 이로 인해 논쟁과 시기와 비방도 많았다.

그 일이 있고 거의 1년여 동안 이직을 준비했다. 주변 지인들도 만나고 이력서도 10군데 이상 넣었던 것 같다. 경력자이다 보니 원서 낼 기관들이 많지 않았고 잘 안되는 경우도 많았다. 석사를 안 한 것이 경력에 아쉬운 상황이었다. 그래서 어쩔 수 없이 이력서에 한 줄 넣어야 이직할 수 있겠다는 생각에 학자금 대출을 받고 야간 대학원에 진학도 하였다.

그렇게 이직을 위해 야간 대학원도 다니면서 여러 곳에 원서를 내는 과정들을 겪고 결국 에쓰오일에 계약직으로 입사하게 되었다.

한국사회복지사협회에서 정책이나 행정 업무를 했었고, 한국백혈병소아암협회에서 후원받아 환아들을 지원하는 일도 했으니, 기업에서 사회공헌 업무를 경험해 볼 수 있는 기회를 얻고 싶었다.

그렇게 나의 세 번째 사회복지사의 삶은 시작되었다.

한국백혈병소아암협회, 퇴직 후 한 번도 들러본 적 없고 함께 근무했던 직원들도 모두 떠나 새로운 분들이 근무하고 있지만 지금도 환아들을 위해 열심히 일하고 있을 동료 사회복지사분들께 감사의 말씀을 드리고 싶다.

04.
사회복지사는 전문직이다
(자격증, 국가시험, 보수교육, 윤리강령, 협회)

표준국어대사전에서 전문가란 "어떤 분야를 연구하거나 그 일에 종사하여 그 분야에 상당한 지식과 경험을 가진 사람"이라고 정의하고 있으며, 이러한 전문가가 활동하는 직무 분야를 전문직이라고 한다.

사회학 사전에서는 다양한 학자들은 전문직에 대해 이론적 지식에 근거한 기술, 교육훈련, 조직화, 행동강령, 애타적 서비스, 자격증 등 다양한 조건들을 제시하고 있다(사회학사전, 2000. 10. 30., 고영복). 영국의 사회학자 밀러슨(Millerson)은 1964년, 21명의 평가자에 의해 열거된 특성을 분석하고 가장 높은 빈도의 전문직의 특성을 다음과 같이 제시하였다.

첫째, 전문직은 이론적 지식에 기초한 기능이 있어야 한다.

둘째, 그 기능은 훈련과 교육이 필요하다.

셋째, 전문직 종사자는 시험에 합격하는 것과 같이 자기 능력이 입증되어야 한다.

넷째, 행동규범을 준수함으로써 청렴성을 보여야 한다.

다섯째, 공공의 복리에 도움이 되는 봉사를 해야 한다.

여섯째, 전문직은 조직화를 이루고 있다.

어니스트 그린우드(Ernest Greenwood)는 1957년 7월 옥스퍼드 대학 출판사에서 발간된 『사회사업 저널』에 수록된 '전문직의 속성(Attributes of a Profession)'이란 글에서 체계적인 이론(Systematic Theory), 전문적인 권위(Authority), 사회적인 승인(Community Sanction), 윤리강령(Ethical Codes), 문화(A Culture) 이렇게 다섯 가지를 제시하고 있다.

통계청 한국표준직업분류에서는 전문가에 대해 아래와 같이 기술하고 있다.

전문가 및 관련종사자(Professionals and related workers)는 특정 분야의 전문지식과 경험을 바탕으로 개념과 이론을 이용하여 해당 분야에 대한 연구·개발, 자문, 지도(교수) 등 전문 서비스를 제공하는 자를 말한다. 주로 자료의 분석과 관련된 직종으로 물리, 생명과학 및 사회과학 분야에서 높은 수준의 전문적 지식과 경험을 기초로 과학적 개념과 이론을 응용하여 해당 분야를 연구하고 개발 및 개선하며 집행한다. 전문지식을 이용하여 의료 진료 활동과 각급 학교 학생을 지도하고 예술적인 창작활동이나 스포츠 활동 등을 수행한다. 또한 전문가의 지휘하에 조사, 연구 및 의료, 경영에 관련된 기술적인 업무를 수행하는 관련 종사자들도 이 분류에 포함된다.

예전에 우리나라 직업분류에는 사회복지사가 없었다. 그러던 중 1999년경 내가 한국사회복지사협회에 근무할 당시 노동부 또는 통계청인지 불확실하지만 관계자로부터 연락이 왔었다. 그 당시 해당 부처 관계자분들은 사회복지사에 대해 전혀 알지 못하고 있었다. 사회복지사 직업군에 대해 문의가 와서 자격제도 등 관련 정보를 제공해 줬고 이후 통계청 한국표준직업분류(KOREAN STANDARD

CLASSIFICATION OF OCCUPATIONS) 제5차 개정(2000.1.7./통계청 고시 제2000-2호)에서 사회복지사가 사회서비스 전문가로 직업분류에 명시될 수 있었다.

대분류 1 전문가(Professionals) 영역에 분류번호 17210, 사회복지 전문가(Social Welfare Professionals)로 등재되었다. 사회복지 전문가는 사회문제와 복지욕구를 가진 복지대상자들을 사회복지학 및 인접 사회과학의 전문지식을 바탕으로 문제에 대한 진단과 평가를 통해 궁극적인 문제해결을 할 수 있도록 지원한다.

이후 사회복지사 직업분류는 제6차 개정(2007.7.2./통계청 고시 제2007-3호)을 통해 2 전문가 및 관련 종사자(Professionals and Related Workers) 분류로 변경되어 247 사회복지 관련 종사자(Social Welfare Service Related Workers), 24710 사회복지사(Social Welfare Specialists)로 명시되어 현재도 적용되고 있다.

통계청 한국표준직업분류 코드번호 24710, 사회복지사(Social Welfare Specialists)는 다양한 사회적·개인적 문제를 겪는 사람들과 아동, 청소년, 노인, 장애인 등 보호가 필요한 사람을 대상으로 사회복지학 및 전문지식을 이용하여 문제를 진단하고 해결해 주며, 사회에 잘 적응할 수 있도록 돕는 자를 말하며 사회복지 기획, 상담, 사례관리, 자원연결 등의 일을 한다고 명시하고 있다.

사회복지사의 주요 업무로는 다음과 같이 설명하고 있다.

① 사회적, 개인적 문제로 어려움에 처한 의뢰인을 만나 그들이 처

한 상황과 문제를 파악하고 그들이 필요로 하는 서비스의 유형을 판단한다.

② 문제를 처리, 해결하는 데 필요한 방안을 찾기 위해 관련 자료를 수집하고 분석하여 대안을 제시한다.

③ 재정적 보조, 법률적 조언 등 의뢰인이 필요로 하는 각종 사회복지 프로그램을 기획, 시행, 평가한다.

④ 공공복지 서비스의 전달을 위한 대상자 선정 작업, 복지조치, 급여, 생활지도 등을 한다.

⑤ 사회복지 자원봉사자를 모집하여 교육시키고 배치 및 지도감독을 한다.

⑥ 사회복지정책 형성과정에 참여하여 정책분석과 평가를 하며 정책대안을 제시한다.

⑦ 정신보건 사회복지사는 정신질환자에 대한 개인력 조사 및 사회조사 작업을 진행하며 정신질환자의 사회복귀 촉진을 위한 생활훈련 및 작업훈련, 그 가족에 대한 교육, 지도 및 상담 업무를 수행한다.

한편, 보건복지부 소관 국가자격증 발급 직업군의 경우 유사한 체계를 가지고 있다.

한국보건의료인국가시험원에서는 34개 직종의 국가시험과 자격증/면허증 발급업무를 수행하고 있다. 의사, 약사, 한의사, 간호사, 물리치료사 직업군은 각각을 대표하는 협회가 조직되어 있으며, 의료법에 따라 보수교육을 의무사항으로 이수하고 있다.

면허는 취득 후 3년마다 신고토록 하고 있으며 매 신고 시 2시간

이상의 의무교육을 이수해야 신고가 등록된다. 해당 신고 업무는 각 협회가 면허신고센터를 설치하여 운영하고 있으며, 전문직으로서의 자체적인 윤리강령을 제정하여 준수하고 있다.

반편, 사회복지사 직업군은 한국사회복지사협회가 조직되어 있으며, 사회복지사 윤리강령을 제정하여 준용하고 있다. 국가시험은 한국산업인력공단에서 담당하고 있으며, 자격증 발급은 한국사회복지사협회가 담당하고 있다. 자격증 신고 제도는 없으나 사회복지사업법 제13조 제1항에 따라 사회복지법인 및 사회복지시설을 설치·운영하는 자는 매월 말일까지 사회복지사의 임면에 관한 사항을 시도지사 및 시군구에 보고하게 되어 있다.

사회복지사 자격증은 1970년에 제정된 사회복지사업법 제5조, 시행령 제9조에서 사회복지사업종사자격증제도가 처음 도입된 이래 1983년 사회복지사업법 개정으로 사회복지사 자격제도가 신설되었다.

1985년부터 한국사회복지협의회에서 자격증 교부 업무를 수행했으며, 이후 보건복지부 위탁 변경으로 1999년부터 현재까지 한국사회복지사협회에서 자격증 교부 업무를 수행하고 있다.

사회복지사 자격등급은 기존 1급, 2급, 3급 제도에서 1급, 2급으로 변경되었으며, 1급은 2003년부터 국가시험에 응시하도록 강화되었다.

기존에는 사회복지학과를 졸업하면 사회복지사 자격증을 취득할 수 있었으나, 학부제의 시행과 사이버교육, 학점은행제 등 교육 기회가 확대됨에 따라 사회복지사 자격증 취득 기준도 이수교과목 중심으로 변경되었다.

사회복지사 자격제도가 이렇게 변화됐지만 현장에 있는 사회복지사의 처우는 여전히 낮은 것으로 나타나고 있으며, 채용이나 보수 등에서 등급 간 차이도 거의 없어 국가시험을 만든 취지가 제대로 반영되지 못하고 있어 아쉬움이 크다.

사회복지사 보수교육은 2007년 12월 14일 사회복지사업법의 개정으로 법제화되었으며, 2009년부터 시행되었다. 사회복지사는 학문적 이론을 바탕으로 자격증 제도와 국가시험, 그리고 보수교육을 운영하는 전문직으로, 한국사회복지사협회가 조직되어 있으며 윤리강령을 제정해 이를 준수하고 있다.

기업 사회복지사는 사회복지에 대한 가치관과 정체성을 바탕으로 냉철한 판단력과 기획력, 그리고 나눔을 실천할 수 있는 따뜻한 마음을 가지고 있어야 한다.

기업 사회복지사는 전문직이다.

기업 사회공헌 담당자의 생생한 이야기를 나누다

　사회복지 현장 11년, 그리고 기업 사회공헌 17년을 경험하면서 어쩌면 일반 사회복지 현장 동료들과는 다른 경험을 쌓고 있다고 생각한다.

　그러면서 과거와 현재 그리고 미래의 변화 속에서 어떻게 나 자신의 자존감을 갖고 나의 길을 만들어 갈지 고민하게 된다. 그리고 한편으론 나의 경험을 동료들과 후배들에게 나눠주고 싶다고 생각하게 되었다. 그렇게 시작한 것이 글쓰기였다.

　무엇인가 말로 다할 수 없는 것들을 글로 남김으로써 더 많은 나의 이야기를 궁금해하는 더 많은 동료와 후배들에게 전달할 수 있을 것으로 생각했다.

　오랫동안 생각해 왔고 오랫동안 경험해 왔던 일들이라 글로 옮기는 것은 어렵지 않았다. 오히려 지난 일들의 기억을 끄집어내는 과정이 더 힘들었다.

　누구를 위해 어떤 이야기를 전해 주고 싶은지를 제일 먼저 고민했다.

첫 번째로, 내가 처음 기업에 들어와서 사회공헌 업무를 담당했을 때의 막막함을 느끼고 있을, 그리고 매년 새로운 프로그램을 기획하고 만들어 가야 하는 기업 사회공헌 담당자들에게 나의 이야기들을 들려주고 싶었다.

사회복지사로서 아니 기업 사회공헌 담당자로서 느끼고 경험하고 진행해 왔던 이야기들을 가감 없이 진솔하게 이야기했다. 기업 사회공헌 담당자들은 기업의 후원금을 어디에 어떻게 사용할지 결정하는데 매우 중요한 역할을 한다.

따라서 기업 사회공헌 담당자들이 공정하고 바른 자세와 가치관, 그리고 냉철하고 따뜻한 가슴으로 업무에 임해야 한다.

두 번째로, 기업에 후원 제안을 하거나 자원봉사 제안을 해야 하는 현장의 사회복지사들이 기업에 대해 좀 더 쉽게 이해할 수 있도록 해주고 싶었다.

본인이 직접 경험하지 않고 이해하는 것은 쉽지 않을 수 있다. 어디서 어디까지 이야기를 해줘야 할지는 모르겠지만, 있는 그대로 내가 경험하고 생각한 것들을 솔직하게 글로 적어두었다. 간접적이지만 기업에 대한 이해가 바탕이 되면 본인의 후원 관련 업무를 하는데 좀 더 적극적으로 다가갈 수 있을 것이다.

물론 여기에는 업무 담당자에 대한 것도 있지만 현장 사회복지사로서 기업 사회공헌 담당으로 일해보고 싶은 사회복지사들도 많을 것이다.

그래서 현장의 사회복지사들이 현장 경험과 기업에 대한 이해를 바탕으로 이직을 고민하는데 도움이 될 수 있도록 나의 모든 이야기를 적어두었다.

세 번째로 기업 사회공헌에 관심을 가지고 취업을 희망하는 예비 사회복지사들을 생각했다.

기업 사회공헌 취업과 관련된 정보는 어디서도 듣기 힘들다. 왜? 노출된 정보가 거의 없기 때문이다.

기업재단이나 기업 사회공헌 분야도 사회복지의 한 분야로, 사회복지사의 진로 취업 분야이다. 그러나 기업에서 일하는 사회복지사가 많지 않다 보니 정보도 많지 않고 알기도 쉽지 않다.

가끔 유튜브에 이야기들이 떠돌기도 하지만 실제 기업에서 일하는 사회복지사를 만나서 이야기를 들을 기회가 없을 것이다. 그래서 사회복지학을 공부하는 모든 예비 사회복지사들이 기업 사회공헌을 사회복지사 입장에서 알 수 있도록 글로 남겨두었다.

진로를 고민하는데 작게나마 도움이 되길 바란다.

사회복지사들과 일하다 보면 다음과 같이 다양한 질문들을 받곤 한다.

"기업에서는 사회복지사를 어떻게 뽑나요?", "공채인가요? 정규직인가요? 계약직인가요?", "기업에 취업하려면 어떻게 해야 하나요?", "기업 사회공헌 담당자들은 어떤 일들을 하나요?", "기업은 어떤 분야에 관심이 있나요?" 등등

내가 해주고 싶은 이야기들이 여기 글로 모두 남겨져 있다. 나의 이야기를 눈이 아닌 마음으로 읽어주길 바란다.

책 수익금의 일부는 이주여성을 위한 민간대사관
"한국이주여성인권센터(www.wmigrant.org)"를 후원합니다.

나는
기업 사회복지사다

초판 1 쇄   2025년 1월 5일
지 은 이   신영철
펴 낸 곳   하모니북

출판등록   2018년 5월 2일 제 2018-0000-68호
이 메 일   harmony.book1@gmail.com
홈페이지   harmonybook.imweb.me
인스타그램   instagram.com/harmony_book_
팩   스   02-2671-5662

979-11-6747-212-0 03810
ⓒ 신영철, 2025, Printed in Korea

책값은 뒤표지에 있습니다.

이 도서의 국립중앙도서관 출판예정도서목록(CIP)은 서지정보유통지원시스템 홈페이지(http://seoji.nl.go.kr)와 국가자료
공동목록시스템(http://www.nl.go.kr/kolisnet)에서 이용하실 수 있습니다.